中國兒童文學名家精選（第二輯）

爸爸狗和兒子貓

張秋生 著

新雅文化事業有限公司
www.sunya.com.hk

現代作家、詩人、兒童文學家冰心（1900 - 1999）

1990 年，「冰心獎」創立，韓素音（左）、葛翠琳（中）
在冰心家中與冰心（右）合影留念。

成功的花

人们只惊羡她现时的明艳

然而当初她的芽儿

浸透了奋斗的泪泉

洒遍了牺牲的血雨

目錄

第 6 章　銀杏樹和海盜珍寶

情繫中國 (代序)

葛翠琳

　　說到冰心獎，自然會想起韓素音來。她的名字和冰心獎是分不開的。

　　2012 年 12 月 6 日，我曾在《文學報》發表了一篇懷念韓素音的散文。如今，將它放在這套叢書裏作為代序，也是對**冰心獎 25 周年**[①]的一份追憶。因為，韓素音是冰心獎的創立人之一。

　　羣樹綠葉尚未變色，突然雪花飄飛，樹冠和草地披了一層白。雪水從樹枝樹葉滴灑下來，路面出現冰凍，寒氣襲來，頓覺清冷。這時傳來韓素音辭世的消息，心中悵然，彷彿身在夢中。

　　那樣一位精力充沛、熱情飽滿的女作家，真的永遠離開了我們？

　　曾記得，創立冰心獎時，我們必須先申請註冊，然後才能辦理開戶、刻公章等一系列的繁雜手續。這一切必須先有房子作為登記地址。當時**商品房**[②]還沒有

[①] 冰心獎 25 周年：冰心獎於 1990 年創立，為一年一屆。本序中所述之 25 周年時為 2015 年。

[②] 商品房：由房地產開發商統一設計和建造，作為商品出售的房屋，通常是作為居民住宅，類似香港的私人屋苑。

流行，困境可以想像。韓素音決定把她的私人房產，隔斷一間出來作為冰心獎辦公用房，這令我十分感動。韓素音在北京原有過一處房產，是獨院平房，「文革」中被侵佔，「文革」後政府落實政策，補給她幾間平房。這處房產坐落在**西四**①一個胡同裏，是一進三層的大院，中間的單獨小院給了韓素音，幾間平房相互通着。臨院門的一間隔斷開來作為冰心獎辦公室，雖是平房，卻有衛生設備，還分成裏外間，這在當時確實難得。韓素音真誠地為我辦了親筆簽字的手續。這件事在相當長的一段時間裏，為冰心獎的創立解決了一項實際困難。

後來，我考慮韓素音本人並不在中國居住，將來處理這私人房產時，切割出來的這一間會對她造成不便，我就把這間房子退還了她。她驚奇地說：「你知道嗎，多少人想着這房子？你已用着這房，怎麼還退回來？」

我說：「房子的事，早晚你要處理，不想給你留下麻煩。」

韓素音是個慷慨熱情的人。冰心獎創立初期，吳作人美術獎國際基金會成立，首屆頒獎會在北京飯店

---

① 西四：為西四牌樓的簡稱，在今北京市西城區。

舉行，與會人坐成圓桌形。韓素音到場時活動已經開始，她就坐在後門旁我們這一桌，我忙讓工作人員傳話給吳作人老師的夫人蕭淑芳老師，不一會兒，有人來請韓素音上主席枱就座。她推辭，我說：「你去坐主席枱吧，否則蕭老師還要親自來請你。」她匆忙囑咐我：「冰心獎頒獎會一定要擺一排排座位，千萬不要擺單桌，大家精神不集中，會場難控制。」我回答知道了。所以冰心獎頒獎會會場從未擺過分桌座位，會議時間也不超過兩小時。開始幾年，在人民大會堂舉辦頒獎會，後來在釣魚台國賓館芳菲苑舉行，韓素音都親自參加，而且每次都發表熱情洋溢的講話。最初幾屆評出的獲獎作品，她都看過，還問過獲獎作者的情況。她為冰心獎獲獎作品寫的諸多題詞，大部分我在浙江少年兒童出版社主編的《冰心兒童文學新作獎獲獎作品集》序言裏提過了，這裏不再重述。

韓素音最後一次來北京，我們一起去醫院看望冰心。回來她對我說：「冰心是令人羨慕的，近百歲的人，心情平靜地躺在醫院裏安度晚年。有事作家協會派人來解決，家屬來看望，作家協會會派車。外國的作家進入老年，哪有什麼機構管你？」

我說：「你可以久住中國呀。」

她說:「我的故鄉是中國,但我要永久居住在中國,還是需要許多手續的。」

　　因為這不是我能發表意見的事,便閉口不再談論。

　　曾記得,在北大舉辦韓素音青年翻譯獎頒獎會,季羨林老師主持會議,並領導此項工作,所以用車、場地安排等諸項都順利。頒獎會人數不多,卻莊重熱烈、輕鬆愉快,會後在餐廳推出茶几高的大蛋糕,氣氛被推向高潮。韓素音說:「他們的做法你可以參考。」

　　我注意到此項活動中獲獎證書是蓋方形人名章,這對獲獎者或許更具紀念意義。於是會後我請韓素音、冰心二人為冰心獎提供了親筆簽名,並刻印製成了簽名章,以供冰心獎頒獎備用。韓素音還認真地寫下了英文和中文名字。如今這兩個簽名章,竟成了兩位老人為冰心獎留在世上的珍貴手跡了。

　　曾記得,1982 年,我去瑞士參加兒童書籍國際獎評委會會議,先是住在旅館裏,韓素音去看我,說:「這裏的人多是講法語,評委會的說明資料也大多是法文,你不如先住在我家中,我可以翻譯給你聽,你也幫我處理一批中國的來信。」我的英文水準還是新中國成立前在燕京大學讀書時的基礎,法文沒學過,韓素音對我幫助很多。

她的家只是一套普通的二居室樓房，一間臥室，一間書房，一間客廳兼餐廳，二衛一廚。書櫃都擺放在長長的樓道裏。

客廳裏有一套沙發，一張餐桌，一個小打字桌。令我感到意外的是，任何房間都沒有電視機。我住在她家的書房中，她就在客廳裏寫《周恩來與他的世紀》一書。堆擺一尺多高的中文來信，她沒有秘書，真難為她了。我讀給她聽，並幫她寫了回信。其中有中國歐美同學會的信，通知她交會費。我說回京後替她回個電話就行了。她說那樣不禮貌，還是回封短信，再帶一張支票好。我照辦了。

韓素音笑說：「人們傳說我家像王宮，有廚師，有司機，你看，哪裏有？只有鐘點工每周來打掃衛生。」

瑞士兒童書籍國際獎的主席希望獲獎者所獲獎金由一位伯爵夫人捐贈，這事特請韓素音協助完成，韓素音熱心公益事業，就答應下來。韓素音和我去參加伯爵夫人的午宴，我們是乘火車去的，伯爵夫人的莊園是似曾在歐洲電影中看過的貴族莊園，園外樹林茂密。有位女記者開車來赴宴，見到韓素音就請我們上車，小汽車在林中路上開了不短的時間，才到宮府門

口，早有侍者在門外等候。伯爵夫人很富有，有私人飛機、私人銀行……她本人服飾卻很簡樸。午宴也只有幾樣菜，由侍者送到賓客面前，盤中備有叉勺，客人根據需要自取菜量放入自己盤中，最後每人一杯飲料。就在這交際餐敍的活動中，韓素音取得伯爵夫人的同意，捐贈給了瑞士兒童書籍國際獎一筆錢。回程中快到家的時候，韓素音帶我到意大利餐館吃了些麵食，因我豬牛羊肉都不吃，午宴只取些蔬菜沙拉，她怕我沒吃飽，這說明她是個很細心周到的人。我們一路交談，她向我詳細介紹了這次活動的構想，並感慨地說：「人們都讚賞北京燕園的價值，當初司徒雷登就是一次又一次地在國外尋求贊助，才建成燕園的。如今還有誰記得他？但燕園留下來了，一代又一代的精英從那裏走出來……」

後來，冰心獎的許多機制，都借鑒了瑞士兒童書籍國際獎評獎的規則。

瑞士兒童書籍國際獎評獎工作結束，我去巴黎訪問，韓素音給我一筆法郎。我說：「用不着。」她說：「你一個人出國，不像隨代表團出訪，事事都有人安排好，跟着走就行了。可那樣你永遠鍛煉不出來。你要自己跑，自己處理各樣問題。」她還

給了我一沓①公交車票，乘一次車，使用一張。

在巴黎，食宿交通等接待單位都為我安排了，所以韓素音給我的法郎一分沒用，回到瑞士我又全部退還給她了。她說：「別人出國都買許多東西帶回去，你不買些什麼？」我說：「我什麼也不需要。謝謝你。」她笑說：「接待你太簡單了，幾口蔬菜就夠。」

將要回國的時候，韓素音讓我陪她去商場買東西。我問她要買什麼？她說：「你幫我看看。」逛了半天，她問：「你看什麼東西好？」

我說：「你需要什麼買什麼，如果不需要，東西再好，買了也沒用。」最後，她選了一個紅色小皮包，問我：「你看怎麼樣？」我說：「很輕巧，挺實用的。」她說：「就買它吧！」即刻付了款。

我回國向她告別時，她拿出了那隻紅色小皮包，說：「這是給你買的。」我不肯收，說：「你留着自己用吧。」她堅持送給我，說：「帶回去留個紀念吧！」

這小小的皮包，在我身邊多年，皮包雖小，卻盛滿了真摯的友誼。

韓素音在中國熟識不熟識的朋友有多少，誰說得清呢？但韓素音對誰都是真誠相待的。

---

① 沓：粵音「踏」。量詞，作為計算重疊的書、紙的單位。

她曾出錢選送多人去英國留學，王炳南同志的夫人姚淑賢大姐就曾幫她管理這筆基金多年，辛苦地義務勞動着。

曾記得，冰心獎創立初期，為了答謝燕山石化企業捐贈資金，雷潔瓊老師和韓素音親自出面去遠郊廠區訪問，並參觀廠辦小學和幼稚園，慰問教師和孩子們。石化企業的領導海燕同志全程陪伴我們，我準備了玩具、圖書，還有一把二尺多長的素面摺扇代替簽名簿。韓素音興致勃勃地和海燕同志交談。海燕同志的父親也是燕京大學的校友，這使兩位老人倍感親切，歡聲笑語不斷。韓素音和雷老師從一大清早出發直到傍晚才回，我幾乎是筋疲力盡地勉強支撐下來，真難為兩位高齡老人了。

韓素音為中國的公益事業東奔西跑，花費了多少心血！「中外科學基金獎」、「彩虹獎」、「中印友誼文學獎」……凝聚了她對中國的一片真情。怎不令人敬佩！

韓素音晚年是寂寞的，獨自一人寡居在瑞士，年節的日子裏甚是淒涼。通電話時她反覆問：「記得我的地址嗎？沒有改變。你那兒是白天的時候，這兒是夜裏，我在睡覺。這裏的白天，北京是夜間，你要睡覺。

打電話不方便，你寫信！」

可我寫了中文信，又有誰讀給她聽呢⋯⋯

朗朗笑聲猶在記憶中迴蕩，如今她已是隔世的人了。但願在另一個世界裏，她能和冰心、雷潔瓊諸多老朋友快樂地相會。

瑞士洛桑的那串電話號碼，不再傳送韓素音的聲音了，只留在電話簿裏，標示着她曾經的歲月。

37. Montoie Lausanne100 > SwitzerLand 這個地址，不會再接收她的信函，但會留在歷史裏：著名英籍華人女作家韓素音曾在這裏度過她的後半生，她的許多作品，從這裏走向了世界。

韓素音曾為冰心獎寫過不少題詞，她對冰心獎獲獎作者懷有真誠的期待，這裏錄下幾句她寫給小讀者的話：

> 小朋友們
>
> 你們是我們的明天
>
> 我們是你們的昨天
>
> 但我們的工作並沒有終結
>
> 讓我們攜起手來，一起創造
>
> 一個更美麗的中國

一個更文明的世界

冰心獎創立 25 周年了，一輩又一輩獲獎作者湧現出來。未來，獲獎作者的名單還會越來越長。期望作家們的作品在小讀者心中扎根。

冰心獎，一個美麗的童話夢。

眾多出自愛心的手牽在一起，使這童話夢變成了現實。

兒童文學事業，是需要集體培育的事業。

第 1 章

爸爸狗和仔仔貓的旅行

看見狐狸把刀在鞋底上蹭了蹭，真的要下手了，爸爸狗痛苦地叫了起來：「不，我告訴你們錢在哪兒！」

一隻孤苦伶仃的
小男孩貓

　　狗爸爸是一隻年紀較大的狗。

　　狗爸爸曾是六隻小狗的爸爸。由於教子有方，他的六隻小狗長大以後都很有出息。他們中間有出色的警犬，有馬戲團的著名演員，有的還成為狗模特公司的名模。狗爸爸很為自己的兒女們驕傲。

　　狗爸爸也有不幸，三年前，他的太太，一位名叫艾莉的黑狗不幸遭遇車禍，離開了這個世界，再加上兒女的長大遠去，狗爸爸獨自一人，成了一隻很孤單的狗。

　　孩子們很少來看望狗爸爸，不過他早已習慣了。因為孩子們生活在遙遠的城市裏，他們都已經長大成人，有着自己的家庭和事業，整天忙忙碌碌。

　　狗爸爸常常會感歎：「唉，忙碌的社會把親情沖淡了許多。」

　　狗爸爸很愛看電視，也常去電視台做嘉賓。

　　電視台曾邀請狗爸爸談自己對兒女的教育，狗爸爸開口的第一句話就是：「作為一隻爸爸狗……」

　　而且，在以後的談話中，他一連說了 26 次「作為一隻爸爸狗」，所以當電視節目播出後，狗爸爸名

揚全城，大家不再叫他狗爸爸，而直呼他為「爸爸狗」了。

爸爸狗很滿意這個名字，他相信自己是一隻很好的爸爸狗，因為他那麼熱愛自己的孩子。

有一天，爸爸狗在街上行走，他碰到一隻孤零零的貓，這是一隻年齡很小的貓。

這隻小貓神色疲憊，身體瘦弱，渾身很髒。爸爸狗一眼就看出，這是一隻流浪貓。

不知為什麼，爸爸狗一看見這隻小男孩貓，就產生了惻隱之心，他很喜歡這隻小貓，覺得和這隻小貓很有緣分。

爸爸狗年輕的時候，是隻脾氣很暴躁的狗，老是喜歡欺負貓。每當見到貓，不管是黃貓、白貓、黑貓，他都會追得他們魂飛魄散，沒有一隻貓見了他不害怕的。

可現在不知為什麼，他一見這隻小貓就喜歡上了，這是一隻孤苦伶仃的小男孩貓。

小貓見到爸爸狗撒腿就跑，可是被爸爸狗攔住了。他讓小貓別害怕，並關心地問起了小男孩貓的身世。

果然，這是一隻從小失去父母的小貓，是一隻流浪的、經常過着半飢半飽生活的小貓。

爸爸狗把小貓領進路邊一家獾先生開的小餐館，為小貓點了一份熏青魚和鯽魚湯。

為了讓小貓別老是把他視作異類、一副驚恐的樣子，爸爸狗決定也為自己點一份熏青魚，儘管他從來不吃魚。不過他沒給自己點魚湯，那種湯狗大概沒法下嚥，他為自己要了一份肉骨頭湯。

他們一起吃着熏青魚，熏青魚的味道確實不錯。後來他們又開始喝湯，出於好奇，爸爸狗問小貓，他能不能喝一口鯽魚湯？小貓點點頭。

爸爸狗從小貓的湯碗裏舀了一小勺湯放進嘴裏嘗嘗：「哇，味道不錯，我第一次知道魚湯這麼好喝。」

聽爸爸狗這麼一說，小貓笑了，他大着膽子問爸爸狗：「我能喝一口你碗裏的骨頭湯嗎？」

「當然可以。」爸爸狗一邊說一邊把碗推了過去。

小貓一連喝了三口，說：「骨頭湯真好喝，我也是第一次喝。」

這時，獾先生走了過來，他瞧見小貓和爸爸狗親熱的樣子，就說：「爸爸狗，這隻小貓真像是你的兒子呢！」

「是的。」爸爸狗又喝了一口小貓碗裏的魚湯說，「這是我的兒子——小仔仔貓。」

「多好聽的名字——仔仔貓！」獾先生說。

「當然。」爸爸狗從自己碗裏舀了一勺湯，送進

小貓的嘴裏説，「他是我的好兒子貓！」

　　小貓聽到有人叫他兒子，激動得拿湯勺的手也抖了起來，把湯都灑在了桌子上。

　　爸爸狗温柔地撫摸着他的頭説：「慢慢吃，我的兒子仔仔貓。」

　　仔仔貓抬頭望着爸爸狗，他從心底裏喜歡這個名字，喜歡這位爸爸狗。

300公里外的古城

　　爸爸狗陪着仔仔貓逛街，給他買來一條牛仔褲和一件寬鬆衫，這是仔仔貓最喜歡的。爸爸狗知道仔仔貓喜歡看棒球比賽，他還特地給仔仔貓買了一頂上面印有棒球明星的遮陽帽。

　　爸爸狗領着仔仔貓回家，給他洗了一個乾淨澡。當他穿上爸爸狗買的衣服，戴上那頂漂亮的遮陽帽時，別提有多神氣了。爸爸狗樂得説：「仔仔貓，我的兒子貓，你真是一隻小帥貓！」

　　仔仔貓激動地上前抱住爸爸狗，在他臉頰上親了一下，説：「爸爸狗，你真是一位好爸爸！」爸爸狗摟着仔仔貓説：「高興的事還在後面呢！」原來爸爸狗最近收到孩子們寄來的一些錢，他原想出門去旅行，但苦於找不到旅伴。現在好了，他能和仔仔貓一起出門旅行了。

　　爸爸狗察看了地圖，在離他們這兒300公里外的地方，有一座古城，那裏有迷人的風景，還有舉世聞名的古教堂，裏面有着很多美麗的壁畫和雕塑作品。爸爸狗是一位藝術愛好者，他決定和仔仔貓去那座古城旅行。

可是交通工具怎麼解決呢？爸爸狗想起，他的好朋友沙皮狗先生家裏有一輛藍色的漂亮轎車，聽說他不久前剛從外面旅行歸來。

　　沙皮狗是爸爸狗很要好的朋友。

　　爸爸狗帶着仔仔貓去向沙皮狗借車。

　　沙皮狗正躺在牀上，他的心臟不好，表情很痛苦。可是一聽說爸爸狗要出門旅行，他從牀上一躍而起，說：「你們千萬別出門，外面可不安全了！前一陣子我為了繼承我姑媽的一筆遺產，駕車旅行了一次。我把姑媽留給我的一筆巨款藏在汽車裏，就在回來的路上，我遇到了著名的江洋大盜獨眼狼和瘸腿狐狸，他們不但搶走了我藏起來的錢，還差點割掉我的耳朵。」

　　爸爸狗很同情沙皮狗，不過他沒有被沙皮狗的不幸遭遇嚇倒，他不像沙皮狗先生那麼有錢，不怕強盜搶。再說他們是兩個人，會有辦法對付強盜的。

　　沙皮狗答應借車子給爸爸狗，可是他找來找去就是找不到車鑰匙。沙皮狗一邊找一邊苦惱地說：「你知道，我是個患了健忘症的人，老是忘事！」

　　最後，還是仔仔貓發現，車鑰匙就掛在沙皮狗先生的脖子上。

藍色轎車上的劫案

　　第二天，爸爸狗和仔仔貓駕駛着沙皮狗先生的藍色轎車出發了。因為怕路上遇到強盜，爸爸狗把所有的錢，都藏在仔仔貓那頂遮陽帽的一個暗袋裏。

　　爸爸狗說：「你可要保護好這頂帽子啊，我們所有的錢都在這裏，你丟了帽子我們會餓肚子的。」

　　「不會丟的。」仔仔貓使勁捂了捂自己頭上的帽子說，「即使被割掉耳朵，我也不會把這頂帽子交給別人的。」

　　「還是耳朵更重要……」爸爸狗笑着說。

　　車子開得很快，第二天就到了離古城還有 20 公里遠的地方。這輛藍色轎車性能很好。它穿過草地，開進一片茂密的森林裏。森林裏的地面坑坑窪窪，車子顛得很厲害。

　　「我這個車墊坐着真不舒服，顛得屁股好痛。」仔仔貓埋怨說。

　　「將就着坐吧，以後等我們有了錢，買一輛坐墊舒服一點兒的汽車。」

　　「我等着呢！」仔仔貓開心地笑着說。

　　前面有棵枝葉茂盛的大橡樹。車子開過大橡樹

時，「咚！」「咚！」從大樹上跳下兩個人，他們匍匐在車頂，其中一個人將一把手槍從開着的車窗裏伸了進去，正好頂在爸爸狗的腦袋上。

「把車停下！」車頂上傳來惡狠狠的聲音。

爸爸狗只得把車停下。

車頂上跳下兩個強盜，一個是獨眼狼，另一個是瘸腿狐狸。他們讓爸爸狗和仔仔貓下車。獨眼狼用槍頂着爸爸狗的腦袋說：「把所有的錢交出來！」

「我沒有錢，我們是窮光蛋！」

「胡說，窮光蛋開這麼漂亮的汽車？這汽車我認識，是沙皮狗的。我們上次碰到過他，他也假裝是窮光蛋，我們把他的車子翻了個遍，也沒找到一文錢，只好把他放了。後來我們才知道，他是一個富翁！」獨眼狼朝爸爸狗晃着手槍說。

「是的。」瘸腿狐狸拍拍仔仔貓坐的車椅說，「我們幾乎把車子上下都翻遍了，就差把它拆了。」

「今天我們不翻了，我有更好的辦法。」瘸腿狐狸舉起手中那把雪亮的刀子說，「你要是不說，我先割下這隻小貓的一隻耳朵。」

「割掉我的耳朵也沒錢！」仔仔貓捂着他的腦袋說。

「割掉！」獨眼狼說，「先割他左邊的耳朵。還不說，再割他右邊的耳朵！」

看見狐狸把刀在鞋底上蹭了蹭，真的要下手了，爸爸狗痛苦地叫了起來：「不，我告訴你們錢在哪兒！」

「說吧！」狐狸拉着仔仔貓的耳朵，明晃晃的刀子已經放到了小貓的耳朵邊上，「不說我就要下手了。」

仔仔貓感受到了冷冰冰的刀鋒，可他還是一個勁兒地喊：「我們沒錢！」

眼看狐狸的刀子要往下割了，爸爸狗急忙喊了一聲：「錢在仔仔貓的帽子裏！」

「不，沒有。」仔仔貓抱緊腦袋，「你們割我的耳朵吧！」

獨眼狼狠狠拉開仔仔貓的手，一把搶過帽子，他翻開帽子裏的暗袋，拿出一沓錢。他隨手把帽子往狐狸頭上一扣說：「哈哈，錢在這兒，再搜搜他們的身上。」

瘸腿狐狸搜了仔仔貓和爸爸狗的所有口袋。

「把你的長褲脫下來！」獨眼狼突然對爸爸狗說。在獨眼狼的手槍威脅下，爸爸狗只得脫下自己的長褲。原來獨眼狼剛才從樹上跳下時，把自己的長褲撕破了一道口子，他的個頭和爸爸狗差不多，所以他搶走了爸爸狗的長褲。

看着兩個強盜遠去，爸爸狗只得找出一條沙灘短褲穿上。

座椅套子下的驚喜

　　藍色轎車又在路上奔馳了，可是仔仔貓和爸爸狗真的成了一文不名的窮光蛋。仔仔貓埋怨爸爸狗：「你為什麼告訴他們錢藏在帽子裏？讓他們割我的耳朵好了！現在我們拿什麼過日子？」

　　「傻孩子，你的耳朵要緊。錢沒了還可以想辦法，耳朵割了可再也長不出來了。我可不想讓我的兒子沒有耳朵。」

　　說起錢，仔仔貓問爸爸狗：「沙皮狗大伯說，他姑媽留下的巨款，被強盜從車上搶走了。可是那兩個強盜說他們沒搶到一文錢，這倒是一件奇怪的事！」

　　「怎麼？你連強盜的話都信！不然，沙皮狗的錢到哪兒去了？」

　　「請你停一下車。」仔仔貓說。

　　車一停下，仔仔貓就打開車門，他下車把車子的裏裏外外看了個仔細，還把自己坐的那把椅子下面也看了個仔細。

　　車廂和椅子下面都空空的，什麼也沒有。

　　仔仔貓很失望。他剛想坐回座位上，無意中摸摸自己有點發痛的屁股，仔仔貓突然使勁按了按椅子的

坐墊。

　　——那坐墊硬硬的，還有點高低不平。

　　仔仔貓把座椅上的布套子拿了下來。

　　哇！在布套子下面，放着一個大紙包，裏面包着一沓又一沓的錢。

　　「天哪！」爸爸狗和仔仔貓看傻了眼。

　　「真的有那麼多錢，沙皮狗怎麼說他的錢全被搶走了呢？」爸爸狗驚奇地問。

　　仔仔貓像一位大偵探，他分析說：「沙皮狗大伯自己說的，他有健忘症。當他被強盜趕下車時，一定嚇得忘記自己把錢放在哪兒了。強盜們把車子幾乎翻了個遍，沙皮狗大伯認為自己的錢一定被強盜洗劫了。事情就這麼簡單。」

　　「其實他一點兒也不知道，錢還在老地方——車椅的布套下面。你的分析很有道理。」爸爸狗高興地說。

　　「要是你剛才也有健忘症，忘了錢在我的帽子裏就好了！」仔仔貓還在心疼那些錢。

　　「不，我覺得用那些錢換你的耳朵還是值得的！」

　　「還好，現在我們不愁沒錢了。」

　　「兩個強盜把錢還給你了？」

　　「不。」仔仔貓指指座椅上的錢說，「這裏不是

有許多錢嗎？」

　　「你應該知道這錢是誰的！強盜沒有權利搶走它，我們同樣也沒有權利去動用它。因為我們沒有得到主人的允許。」

　　「天哪，我們守着這些錢還是窮光蛋！」

　　「是的，是強盜們讓我們變成窮光蛋的。」

　　「聽你的話，」仔仔貓說，「我願意當這樣的窮光蛋。」

廣場上賣唱的父子

　　快進古城了，在一個小鎮邊的農莊裏，仔仔貓脫下自己的牛仔褲和休閒衫，向農莊主棕熊先生換了一個麵包和一架陳舊的手風琴，因為棕熊先生的小兒子看中了仔仔貓的這套衣服。

　　棕熊先生還發善心，扔了一件白色的舊大褂給仔仔貓，這樣可以使他不用穿着小背心和短褲頭走在大街上了。這件白色大褂很長，仔仔貓穿着，幾乎拖到了地上，他走路時不得不提起一些，以防絆倒。身穿沙灘短褲的爸爸狗開着車，後面坐着一個穿着白色大褂的仔仔貓。父子倆就是以這副怪模樣進入古城的。

　　為了有足夠的精力遊覽這裏的名勝古跡，他們必須先填飽自己的肚子。

　　可是他們身無分文。

　　用仔仔貓心愛的衣服換來的麵包，早在路上吃完了。好在還有一架舊的手風琴，爸爸狗年輕的時候學過拉手風琴。仔仔貓呢，有一副很好的嗓子。他們在路上就商量好了，可以用唱歌來謀生。

　　父子倆來到城中心的廣場上。

　　爸爸狗拉起手風琴，琴聲有點淒涼。

仔仔貓唱起一首很悲傷的歌，歌聲很動人。有位鴕鳥太太走過這裏時，在爸爸狗放在地上的一個破罐裏扔下一枚硬幣。

　　爸爸狗撿起這枚硬幣，在邊上的食品舖子裏買了一罐飲料，插上吸管遞給了仔仔貓。他知道仔仔貓好久沒喝水了，嗓子有點乾啞。

　　仔仔貓不肯喝，一定要給爸爸狗喝，他知道爸爸狗的嘴巴一定更乾。

　　爸爸狗說：「你喝吧，別推讓了。我相信你的喉嚨和我的喉嚨是連着的，這飲料進了你的喉嚨就會同時進入我的喉嚨……」

　　「真的嗎？」仔仔貓天真地問，「我可以試試嗎？」

　　「當然可以，」爸爸狗說，「一定是這樣！」

　　仔仔貓接過飲料吸了兩口，他說：「爸爸，你感覺到飲料進入你的喉嚨了嗎？」

　　「感覺到了。」爸爸狗咂咂嘴巴說，「兒子，這是多麼涼爽甜蜜的飲料啊！」

　　仔仔貓一聽笑着說：「現在我完全相信我們的喉嚨是連在一起的了，請你也喝兩口讓我感覺一下。」這時，爸爸狗才明白仔仔貓說這些話的用意，他不得不喝了兩口。仔仔貓興奮地說：「爸爸，我真的感覺到涼涼的飲料從我的嗓子眼裏流過，我的歌一定會唱

得更動聽。」

果然，仔仔貓的歌聲更動人了。

他的歌聲裏充滿情感，充滿真誠的愛，讓每個聽眾都為之感動。

一枚枚錢幣飛進了地上的破罐裏。

有位胖胖的河馬太太被歌聲深深打動，她過來親了一下仔仔貓說：「瞧你穿着這件白大褂，唱着那麼動聽的歌，真像個小天使呢。」說完，她解下自己的一塊漂亮的大方彩色頭巾，繫在小貓的脖子上說：「這樣，你就更像個漂亮的小天使了！頭巾就送給你吧，廣場上風挺大的。」

仔仔貓像個真正的穿着白長袍的小天使，向河馬太太深深地鞠了一躬……

爸爸狗和仔仔貓就這樣，白天用唱歌掙來的錢吃飯、遊覽，晚上就住在汽車裏。

穿彩色長裙的酋長

最後一天，爸爸狗和仔仔貓要參觀古城雄偉的教堂了。他們興致勃勃地來到教堂門口。遊客們正排着隊，一位穿黑色制服的白熊在門口維持秩序，參觀的人魚貫而入。

爸爸狗興奮地説：「我等這一天，等好久了！」

可是當爸爸狗和仔仔貓走到門口時，卻被攔在一邊，那位穿制服的白熊説：「對不起，這位先生穿短褲不能入內。」

「可是我們從很遠的地方來，長褲沒有了，請通融一下吧。」仔仔貓上前説。

「你可以進去，他不行。教堂是很神聖的地方，而且這裏還是個藝術聖殿，不允許穿短褲入內。」白熊先生非常禮貌卻斬釘截鐵地説。

父子倆只好站在一邊，爸爸狗歎口氣説：「真是太遺憾了！要不，仔仔貓你進去吧……」

仔仔貓急出一身汗，他説：「不，我不能丟下你獨自進去。」仔仔貓想用脖子上的頭巾擦擦臉上的汗，突然他想起了什麼。

「跟我來。」仔仔貓把爸爸狗拉到一個角落裏，

他解下脖子上的大方彩色頭巾，把它繫在爸爸狗的腰上，還把頭巾的兩個角在爸爸狗的背後打了個結。

「這是幹什麼？」爸爸狗奇怪地問。

「我想起來了，世界上有些地方的男人也穿裙子，亞洲有，歐洲也有。你來自亞洲的巴里巴里島，那裏的男人就喜歡穿漂亮的裙子。」

仔仔貓不等爸爸狗開口，就攙扶着他又來到教堂門口。這時門口的警衞換成了一位穿制服的犀牛，他見來了一位身着彩色長裙的先生，邊上還有一位穿白褂的人扶着，就向他們敬了一個禮：「請問，兩位貴賓來自哪個地方？你們的衣服真漂亮！」

「我們來自巴里巴里島，那是一個大海中的島國。」仔仔貓像在説一個童話。

犀牛警衞又敬了個禮，做了一個「請」的動作。

犀牛激動地對排在後面的人説：「這位一定是巴里巴里島上的酋長或者親王。」

教堂裏人羣熙熙攘攘。參觀者看着那雄偉的建築，欣賞着精美的雕塑作品。

不管爸爸狗和仔仔貓走到哪裏，都有人竊竊私語：「瞧，這是巴里巴里島的酋長。」

「不，」有人説，「聽説是親王呢！瞧他身邊的那個穿白袍的童僕多可愛。」

「啊，像個小天使呢！」

落網的強盜和巨額賞金

　　穿着白大褂的仔仔貓，攙扶着穿着拖地長裙的爸爸狗剛走出教堂，立即被一大羣遊客圍上，大家都要和來自巴里巴里島的客人合個影。

　　教堂門口，有個脖子上掛着一次**成像照相機**[①]的鴕鳥攝影師可忙壞了，不住地為大家拍照。

　　每個人手裏拿着和巴里巴里島酋長合影的照片，都笑逐顏開。

　　有些人拍完照片，還要塞給仔仔貓一點錢作為感謝，可是仔仔貓都退了回去。他輕輕地對身邊的「酋長」爸爸說：「開開玩笑還可以，但我不能拿假酋長賺錢！」

　　正說着，仔仔貓突然發現身邊又來了兩個要求合影的人，其中一位戴的帽子他非常熟悉，另一位呢，穿的褲子他也非常熟悉——

　　不用說，這是獨眼狼和瘸腿狐狸。

　　獨眼狼戴着一副墨鏡，瘸腿狐狸嘴上粘了兩撇滑稽的鬍子，儘管這兩個強盜經過巧妙的化裝，可仔仔

[①] **成像照相機**：即影即有相機。

貓還是一眼就認出了他們。這兩個強盜卻壓根兒沒有看出，這身穿奇異服裝的「酋長」和「童僕」，正是被他們打劫過的爸爸狗和仔仔貓。

等鴕鳥攝影師拍完一張合影的時候，仔仔貓對攝影師説：「請再拍一張，酋長要留作紀念。」

「好極了，再來一張！」鴕鳥高興地説。

仔仔貓拿到照片，等強盜剛一離開，他轉身跑到廣場的另一頭，把照片交給了兩個正在巡邏的金錢豹警官，並告訴他們這照片上的兩個強盜是怎麼為非作歹的。兩位警官説：「我們已接到很多控告，正懸賞兩萬元捉拿這兩個強盜呢，他們在哪裏？」

「瞧，照片上的這兩個強盜，他們正在那個拐角處呢！」仔仔貓指指遠處説。

「謝謝你提供的照片！」兩位警官接過照片，敬個禮，追了過去。

回去的路上，爸爸狗駕着那輛藍色轎車飛馳。

爸爸狗和仔仔貓要給沙皮狗先生帶去一個意外的喜訊。同時，爸爸狗決定，要用從強盜那兒追回來的錢和協助抓強盜所得的賞金，買一輛屬於他們父子倆的汽車。

仔仔貓高興地親了爸爸狗一下，説：「你真棒！」

爸爸狗也拍拍仔仔貓的肩膀説：「你是我的好兒子，一個了不起的仔仔貓！」

第 2 章

難忘的生日晚餐

　　爸爸狗說：「今晚我們去哪裏用餐呢？這可是我們仔仔貓的生日晚餐啊！我們去的飯店應該有特色，有排場，還得有美味佳餚。」

五月的櫻桃

　　爸爸狗和仔仔貓的藍色轎車在公路上奔馳着。公路兩邊時而是高山大河，時而是田野村莊。仔仔貓坐在車子的後座，他一會兒看着車左邊的風景，一會兒看着車右邊的風景，忙得像一隻在樹梢上跳來跳去的小麻雀。

　　車子開進了一座小山城，爸爸狗和仔仔貓在小城的一家小餐館用完了餐，他們又上路了。

　　車子進入一片山谷。山谷兩邊種植着各種各樣的果樹，這是一片很大的果園。

　　果園裏有蘋果樹、橘子樹、棗樹和梨樹，這時正值五月，梨樹開着好看的白花。車子拐了個彎，前面是一片片不高的樹叢。車子在樹叢中間飛馳着。

　　「停下，停下，爸爸快停下！」仔仔貓突然大叫起來。爸爸狗不知發生了什麼意外的情況，猛地踩住剎車，車子「嘎」的一聲停住了，仔仔貓差點兒從車後座翻到車前座去。

　　「發生什麼事了？」爸爸狗驚慌地問。

　　「沒什麼，我看見車外有一片櫻桃樹。」

　　「櫻桃樹值得你這麼大驚小怪嗎？」爸爸狗回頭

用責備的目光看了一下仔仔貓，又準備上路了。

「不，停下，停下！爸爸，我想看看這片櫻桃樹。」

爸爸狗打開車門，陪着仔仔貓走下車來。仔仔貓深深吸了一口帶着櫻桃香的空氣，説：「多好的空氣啊！」

他們走近這片櫻桃樹，櫻桃樹上結滿了一簇簇漂亮的紅色小櫻桃。

「爸爸，我們摘幾個嘗嘗吧！」

「不行。」爸爸狗説，「櫻桃樹的主人不在這兒，我們不能隨意摘這些櫻桃。」

「走吧，上車。」爸爸狗把仔仔貓拖上了車，他踩了一下油門，車子又向前奔馳了。

車子裏一片寂靜，仔仔貓忽然唱起了歌：

> 五月裏，多麼好，
> 樹上掛滿了紅櫻桃。
> 親愛的小寶寶，
> 好寶寶，
> 你就是媽媽甜蜜的小櫻桃……

「誰教你唱的這首歌，真好聽！」爸爸狗回頭看看仔仔貓説。

「是媽媽教我唱的，我出生在五月的第二個星期日，正是櫻桃紅的時候，媽媽一直把我叫做甜蜜的小櫻桃，我的小名就叫小櫻桃貓。後來媽媽去世了，我就成了一隻孤零零的可憐小貓……」

「可憐的小櫻桃貓，你這是在想媽媽了！」

接下來是很長一段時間的沉寂。

「嘎——」車子突然停下了。

仔仔貓不知發生了什麼情況，他剛想開口，只見爸爸狗打開車門下了車。

在靠近車邊的櫻桃樹下，一隻大河馬正**挎**①着籃子在摘櫻桃。

「河馬太太，您好。」爸爸狗上前打招呼。

「您好。」河馬太太高興地回答，她看看爸爸狗和隨後下車的仔仔貓説，「你們是旅行的嗎？」

「是的，我們來這裏旅行。」爸爸狗瞧着河馬太太籃子裏的櫻桃説，「這些櫻桃長得真好。」

「想嘗幾個嗎？」河馬太太抓起幾個櫻桃説。

「不。」爸爸狗説，「我的孩子小仔仔貓，想親自摘幾個櫻桃嘗嘗，可以嗎？我可以付您錢。」

「當然可以。剛摘下樹的櫻桃特別甜美，吃自己

---

① 挎：把手臂彎起來掛着東西。

摘下的櫻桃是一輩子也忘不了的事。」

「謝謝您！」爸爸狗説，「仔仔貓，現在你可以摘櫻桃了。」

「謝謝河馬太太，謝謝爸爸。」

「他叫您爸爸？」河馬太太驚奇地看着爸爸狗。

「是的，他是我的兒子貓。」

仔仔貓拿起樹下的一隻小籃子，摘起櫻桃來了。小仔仔貓挑最大最紅的櫻桃摘，不一會兒，他就摘到樹叢深處去了。只聽見遠處的樹叢裏有唱歌的聲音。

河馬太太側着大腦袋，聽着小仔仔貓的歌聲：

五月裏，多麼好，
樹上掛滿了紅櫻桃。
親愛的小寶寶，
好寶寶，
你就是媽媽甜蜜的小櫻桃⋯⋯

爸爸狗和兒子貓

45

「這孩子唱得多好啊！」河馬太太動情地説。

「是的，這可憐的孩子想媽媽了。」爸爸狗也被歌聲打動了。

忽然，從櫻桃樹叢的另一邊也響起了歌聲，歌聲粗粗的，但也很好聽：

五月裏，多麼好，
樹上掛滿了紅櫻桃。
親愛的小寶寶，
好寶寶，
你就是媽媽甜蜜的小櫻桃……

「聽，」河馬太太自豪地説，「我的小河馬寶寶也和着你兒子的歌聲唱起來了。」

不一會兒，仔仔貓從櫻桃樹叢裏鑽了出來，他的小籃裏裝滿像紅寶石般的紅櫻桃。仔仔貓挑了一顆最大最紅的櫻桃給爸爸狗，然後也往自己嘴裏放上一顆。他説：「河馬太太，您種的櫻桃真大，真甜！」

「謝謝，你真讓我喜歡。」

這時，爸爸狗掏出錢來，遞給河馬太太。河馬太太堅決地把錢推了回去。

「剛才小仔仔貓甜美的歌聲，就是給我最好的酬勞。謝謝你的歌聲，讓我忘記了勞累。」河馬太太拍

拍小仔仔貓的肩膀説。

「謝謝河馬太太！」就在小仔仔貓和爸爸狗準備上車趕路的時候，河馬太太突然大叫一聲：「櫻桃，我的小櫻桃！」

仔仔貓有點摸不着頭腦，他以為河馬太太向他要回手中的那籃小櫻桃，趕快把櫻桃籃子遞了過去。河馬太太把那籃小櫻桃又塞到仔仔貓懷中，還是一個勁兒地喊：「櫻桃，我的小櫻桃！」

這讓仔仔貓和爸爸狗更摸不着頭腦了。

「媽媽，我在這兒！」

忽然，從櫻桃樹叢裏走出一隻小河馬。

這就是河馬太太的「小櫻桃」。

「小櫻桃」的個頭有仔仔貓的六七個大。他正在幫媽媽摘櫻桃呢。

「這是我的兒子小櫻桃！」河馬太太很自豪地拍拍她的兒子説。

「正巧，仔仔貓的小名也叫小櫻桃。」爸爸狗笑着説，「這一大一小的兩個小櫻桃碰在一起了。」

「太好了。」河馬太太説，「不管兒子的個頭有多大，長大以後去哪裏，他永遠都是媽媽心中的小櫻桃！」

「是的，不僅是媽媽的，也是爸爸心中的小櫻桃。」爸爸狗望着兩個「小櫻桃」説。

兩個「小櫻桃」握手告別，藍色轎車又在山路上奔馳了。車廂裏彌漫着新鮮的櫻桃香味，小仔仔貓把裝着櫻桃的小籃子緊緊抱在懷裏。

　　車廂裏又響起了歌聲，這次是仔仔貓尖尖的嗓子和爸爸狗渾厚的男低音一起的合唱：

　　　　五月裏，多麼好，

　　　　樹上掛滿了紅櫻桃。

　　　　親愛的小寶寶，

　　　　好寶寶，

　　　　你是媽媽甜蜜的小櫻桃⋯⋯

「海盜餐館」還是「藍天飯店」

　　爸爸狗駕駛着藍色轎車，開出了這片到處是果園的山谷，前面是一片田野。

　　越過田野，車子駛進了一座繁華的城市。看着車兩旁不斷閃現的商店和住宅，仔仔貓說：「爸爸，這座城市真大啊！」

　　爸爸狗把車停在一個廣場上，他領着仔仔貓下車，笑着說：「你知道今天是什麼日子嗎？」

　　「今天是個普通的日子啊！」

　　「再想想看，今天是星期幾？」

　　「是星期天啊！」

　　「是五月的第幾個星期天？」

　　「是五月的第二個星期天。啊，今天是我的生日！我早就把生日忘了。」

　　「剛才，你還無意地向我提起你的生日呢！」

　　「自從媽媽去世後，我再也沒過過生日。」

　　「今天我要給你過一個生日，一個快樂的、你我都不會忘記的生日。」

　　「謝謝你，爸爸。」仔仔貓看了看爸爸狗慈祥而威嚴的臉說，「你能低下頭來嗎？」

「低下頭來幹什麼？」爸爸狗一面説，一面把頭低向仔仔貓。

仔仔貓上前親了親爸爸狗的臉頰説：「謝謝你！爸爸狗，你像我媽媽一樣好！」

「是嗎？」爸爸狗很感動，他的眼睛也有點濕潤了。

爸爸狗鎖上車門，父子倆走在城市熱鬧的大街上。他們身邊是一個個五彩繽紛的櫥窗，遠處街道兩邊到處是閃閃爍爍的霓虹燈，不時有各種各樣的音樂聲從身邊的店堂裏飄送出來。仔仔貓覺得整座城市都在慶賀他的生日。

走過一家禮品商店，櫥窗裏掛着一隻玉石雕的鯊魚，這是一個吉祥物。仔仔貓在櫥窗前看了很久，他很喜歡這隻玉石雕的鯊魚。爸爸狗把它買了下來，作為生日禮物，掛在了仔仔貓的脖子上。

仔仔貓喜氣洋洋，臉上堆滿了笑容。

爸爸狗説：「今晚我們去哪裏用餐呢？這可是我們仔仔貓的生日晚餐啊！我們去的飯店應該有特色、有排場，還得有美味佳餚。」

「不管去哪裏，我都會有好胃口的。」仔仔貓依偎在爸爸狗身邊説，「今天我太幸福了！」

「我以前來過這座城市。我知道這座城市裏，最有名氣的飯店有兩家：一家名叫『海盜餐館』，店裏布置得像一艘海盜船一般；另一家呢，叫『藍天飯

店』，是在 99 層高樓上的旋轉餐廳，客人在就餐時餐廳會不斷地旋轉，讓人感覺彷彿置身在藍天上。」

「你以前去過那裏嗎？」

「不，我也只是聽説。」

「多麼好的飯店，我真想兩處都去，可惜我們只有一張嘴巴。」仔仔貓瞪大了眼睛，彷彿他已經踏入了這兩家有趣而讓人驚歎的飯店。

「是的，我們不可能兩家都去。」爸爸狗想了一下説，「我想，還是『海盜餐館』更適合我們。它是一家地下餐廳，店堂就像在船上，來往送菜的服務員都是海盜打扮，讓你如同和海盜為伴，很刺激呢！」

「是嗎？那我想去。」

「走吧，小海盜！」

父子倆走進「海盜餐館」。這是一個很大的地下室，寬寬敞敞的餐廳像一艘大船，船艙的牆壁上，掛着救生圈、鐵錨和纜繩，還有海盜用的大彎刀，邊上酒吧的牆上還畫着一個大骷髏和兩根交叉的骨頭，完全是一艘海盜船的模樣，四周煙霧騰騰的。

爸爸狗和仔仔貓剛一坐下，就有一個服務員走了過來，仔仔貓嚇得一下子從座位上跳了起來，站在他面前的服務員不是別人，竟然是兇巴巴的獨眼狼。

獨眼狼不是被警察逮起來了嗎？怎麼又出現在

「海盜餐館」裏了？

再看遠處給一位客人斟酒的，正是那隻露出陰險微笑的、走路一拐一拐的瘸腿狐狸。

仔仔貓嚇得想奪門逃走，爸爸狗的臉色也變了。獨眼狼突然粗暴地笑了起來：「哈哈，害怕了不是，你們把我當成真的江洋大盜『獨眼狼』了吧？我是冒牌貨，真的獨眼狼和他的搭檔正在蹲大牢呢！這是不久前報紙上登出的驚人消息。如果我真的是獨眼狼，你們兩位肯定嚇趴下了。」

「什麼話！」仔仔貓說，「獨眼狼又怎麼樣？我們有辦法把他和瘸腿狐狸送進大牢的，我們有這個智慧，有這個膽量！」

「客人，你真會說大話。」冒牌的獨眼狼把一條毛巾搭在肩上，但他臉上的表情已經變得和善多了，他說，「你們兩位要點些什麼菜？喝『土匪』牌威士忌還是喝『火槍』牌啤酒？」

這時，仔仔貓站了起來，他禮貌地說：「對不起，先生，我們不想在這兒用餐了。」

爸爸狗也連連搖頭說：「看來，這個餐廳對孩子是不適宜的。」

父子倆走出了昏暗的地下餐廳，覺得外面的空氣真好。仔仔貓深深地吸了口氣說：「爸爸，我們還是去『藍天飯店』吧，我喜歡在旋轉餐廳用餐。」

「那家餐廳可是在很高很高的地方呢！」

「那好啊，越高越好！」

「進餐廳可要乘速度很快的電梯呢！」

「那好啊，越快越刺激啊！」

「餐廳裏是不准高聲説笑的，需要很安靜地就餐。」

「那好啊，我很喜歡一個安靜而優雅的環境，在半空中欣賞城市夜晚的美景是別有風味的。爸爸，你不喜歡那裏，還是那裏收費很貴？」

「不，只要你喜歡，我也喜歡。剛才那個『海盜餐館』不是孩子應該去的地方，我們還是去『藍天飯店』的旋轉餐廳吧，我不怕收費貴，我們有錢了。」爸爸狗拍拍口袋，那裏藏着一大筆他們抓強盜的賞金呢。爸爸狗領着仔仔貓向藍天飯店走去，他對仔仔貓説：「今天慶祝你的生日，我們可以破費一些，這是很難得的。」

「藍天飯店」有 99 層高，飯店的電梯是觀光電梯，有一面完全是透明的玻璃幕牆，隨着電梯的飛速上升，可以看到外面的景色，彷彿電梯是一直升向藍天的，乘客們有一種站立雲端的感覺。

仔仔貓一進電梯，就馬上站在了一個面向玻璃幕牆的位置，這是觀光的最好位置。而爸爸狗呢，則背朝着玻璃幕牆，把最好的位置讓給了仔仔貓。他朝着

一邊電梯的按鈕，按了一下「99」，電梯飛快地向上開去。

「好啊！」仔仔貓興奮地叫了起來，「看啊，我們越飛越高了，我們登上藍天了！」

「仔仔貓別叫，安靜！」爸爸狗說道，可是他的臉一直朝着那排按鈕，彷彿擔心那排按鈕會從他眼前消失，而電梯會一下子直衝雲天、飛向月球似的。

電梯在 99 層停下了，爸爸狗第一個走出電梯。電梯外鋪着厚厚軟軟的地毯，他踩着地毯朝前走去。前面是一個圓周形的寬敞餐廳，餐廳的四周是大玻璃幕牆，從那裏可以俯瞰整個城市的夜景，幕牆的邊上是一張張小桌子，小桌子上點着一盞盞小蠟燭，彷彿眼前亮着一片片閃爍着的小星星。

仔仔貓追了上來，他拉着爸爸狗的手說：「爸爸，多麼美麗的旋轉餐廳，我們像行走在天上一樣。」

爸爸狗領着仔仔貓急急地走着，他們來到一張小桌前，爸爸狗指着面朝玻璃幕牆的一個座位對仔仔貓說：「你坐這兒，這是看窗外風景最好的地方。」說完，他坐到了仔仔貓對面背朝玻璃幕牆的位子上。

看着桌上閃爍的燭光，爸爸狗感歎地說：「這真是個又溫馨又漂亮的餐廳。」

「是的，我喜歡這裏。」仔仔貓看着玻璃幕牆外的城市夜空說。

羣星閃亮的夜晚

餐桌上鋪着雪白的枱布，放着盤子和不銹鋼的刀叉、勺子，桌子中間一隻大口的玻璃杯裏盛着半杯水，水上浮着一小截蠟燭，燭光熒熒。耳畔響着輕柔的音樂。

仔仔貓説：「爸爸，這兒是自助餐吧，我已經看到取菜的地方了，我們去取菜和飲料吧。」

「你幫我取一點吧，我有點累了。你愛吃什麼就取什麼，放開肚子吃。我肚子不餓，幫我取兩塊醬排骨和一小塊熏魚就可以了。」

為了和小仔仔貓的生活習慣靠近，爸爸狗用餐時，常常會要一塊小小的熏魚，他已經開始習慣吃熏魚了。

不一會兒，仔仔貓就把菜取來了，他還給爸爸狗端來一杯紅葡萄酒，為自己取來一杯鮮黃的橙汁，並在兩個杯子裏都放上了冰塊。

爸爸狗舉起酒杯説：「祝你生日快樂！」

兩隻杯子輕輕地碰了一下，發出一聲清脆的響聲。

爸爸狗抿了一口葡萄酒説：「這酒真好！」

「爸爸，我也能喝上一杯嗎？」仔仔貓調皮地問。

「不行，小孩子不能喝酒，但我可以讓你抿一口，小小的一口，只能是一口。」爸爸狗把酒杯送到仔仔貓嘴邊，仔仔貓抿了一小口，輕輕咂了咂嘴，說：「爸爸說是好酒一定是好酒，不過我還是喜歡喝我的酸酸甜甜的橙汁。」

「你真是個好孩子。」爸爸狗說完，便放下酒杯，看着燭光出神。

「爸爸，你吃啊，這裏的食物又多又美味呢！」

「好的，我吃。」爸爸狗舉起刀叉，便從那塊小小的熏魚吃起。

仔仔貓也埋頭吃起他盤中的佳餚來，他餓極了。兩人的刀叉在盤子中發出一陣輕輕的「叮噹」聲……

仔仔貓很快吃完了三盤子菜和一盤子點心，他打了一個飽嗝。

爸爸狗只吃了一小塊熏魚，盤子中間那兩塊醬排骨，也只吃了半塊。

「爸爸，你今天胃口不好，是累了嗎？」

「也許是的，你放開肚皮吃吧，還記得我說過的話嗎？我們兩個人的喉嚨是連在一起的，看你嚼得有滋有味的樣子，我的嘴裏也充滿了美味，肚子也就飽了。」說完，爸爸狗也打了一個飽嗝。

仔仔貓笑了起來：「爸爸，你真逗！」

仔仔貓放下刀叉，他摸摸脹鼓鼓的肚子，開始欣賞起玻璃幕牆外的景色了。

那是美麗的城市夜景──

一幢幢高高低低、形狀各異的房子；一條條縱橫交錯、寬寬窄窄的街道；遠處、近處閃閃爍爍的燈光；還有亮着紅色、綠色、藍色燈光的來來往往的車輛……

「夜色真美啊！」仔仔貓用叉子敲打着瓷盤，不由得讚歎起來。

「噓！」爸爸狗用手指了指仔仔貓手中的叉子。仔仔貓不好意思地抓抓頭皮，放下了叉子。

仔仔貓開始抬頭看天空。

一彎銀月，不知什麼時候悄悄地升上了城市的夜空，月亮的四周羣星閃亮……

仔仔貓仔細地看着，這些星星他都很熟悉，雖說城市裏夜空的星星，不如郊外那麼明亮，因為星光被城市裏各種各樣的燈光沖淡了許多，但仔仔貓還是熟悉這些星星，就像熟悉他以前遇到過的很多人。

因為，小時候媽媽常給他講天上星星的故事──那些大熊星座、天鵝星座、獅子星座……

如今，這些星星又跑到他眼前來了。

看着，看着，仔仔貓的眼睛濕潤了。

仔仔貓發現，面對着他的羣星裏，有兩顆星星最

明亮、最温情，多麼像媽媽慈愛的眼睛啊！

此時，他真想大叫一聲：媽媽！

──可是他不能。

看着仔仔貓發呆的樣子，爸爸狗拿起眼前的小銀勺，在仔仔貓的橙汁杯子上輕輕地敲了一下：「叮……」。

小仔仔貓回過神來，看着爸爸狗那雙慈祥的眼睛，那不也像夜空中的兩顆星星嗎？

仔仔貓不好意思地揉揉眼睛説：「對不起，不知怎麼的，看着天上的星星，我突然想起媽媽來了，也許因為今天是我的生日吧。那兩顆星星，真像媽媽慈祥的眼睛啊！」

「常想起媽媽的孩子是善良的孩子，是有孝心的孩子，也是最具愛心的孩子……」

爸爸狗剛説完這話，發現仔仔貓又抬頭去看天空中的星星了。

爸爸狗不禁也轉頭看了看玻璃幕牆外的星星，他只看見模糊的一片，不知那點點亮光是星星呢，還是映在玻璃上面的一盞盞燭光……

爸爸狗不願換座

　　爸爸狗這個轉頭的動作，提醒了仔仔貓，他發現爸爸狗從一進餐廳起，始終是背對着玻璃幕牆的，他無法欣賞外面的美麗景色——

　　那真是銀月當空，羣星閃爍啊！

　　隨着餐廳的旋轉，窗外的景色不斷地變換着。

　　仔仔貓覺得他太不關心爸爸狗了，他說：「爸爸，你應該調換一下座位的方向，這樣你才可以欣賞玻璃幕牆外的景色，那真是太美了。」

　　「不，我還是這樣坐着好。」

　　「不，我太自私了，光想着自己欣賞夜景了，我們應該換一下位置。」

　　「不，你剛才不是說，那夜空中的兩顆星星，彷彿是你媽媽慈祥的眼睛嗎？你應該在媽媽的注視下多坐一會兒的。」

　　「媽媽的目光告訴我，應該關心別人，特別是關心愛我、關心我的爸爸狗。」

　　「你真體貼。」爸爸狗說，「不過我還是坐在這裏好，你要是關心我的話，請幫我再取一塊熏魚來。」

　　仔仔貓飛快地去幫爸爸狗取來一塊熏魚。

可是爸爸狗根本不吃這塊熏魚，而是呆呆地坐着，注視着餐桌上跳動着的燭光。

過了一會兒，爸爸狗便叫仔仔貓幫他把剛才取來的那塊熏魚吃掉了。

當仔仔貓又一次提出要和爸爸狗換座位的時候，爸爸狗提出，讓仔仔貓幫他去取一塊蛋糕。

可是過不多一會兒，爸爸狗又叫仔仔貓代他吃下了這塊蛋糕。

這樣來回折騰了四五次，仔仔貓摸着肚子説：「爸爸，你不能再叫我去取食物了，取來你又不吃，全裝進了我的肚子，我現在可以説是全餐廳肚子最大的貓了，我的肚子會爆炸的。再説，等會兒上電梯的時候，電梯會拒絕為我服務的，因為我太重了。」

「是嗎？」爸爸狗笑了，「那就讓我背你下去，我們一步步走下去。」

「天哪，這樓有 99 層呢！」

爸爸狗的臉色又變得難看了，他説：「仔仔貓，幫我去取一杯咖啡，我太困了，直想打瞌睡呢，來杯咖啡提提神吧——現在時間還早着呢，還不到睡覺的時候。」

仔仔貓答應了一聲，馬上離開座位，他還想為自己取一份冰淇淋，他的肚子裏只能再裝下一份冰淇淋了，這是他最愛吃的。

爸爸狗和兒子貓

兩位河馬太太的
對話

　　仔仔貓先取了一杯冒着熱氣的咖啡，又為自己取了一份散發着冷氣的雙色冰淇淋。

　　仔仔貓一手拿着一樣東西，向自己的座位走去。

　　他剛拐進走道裏，就被兩位慢吞吞走着的肥胖的河馬太太擋住了去路，仔仔貓只好慢慢地跟在她們身後。他很想從她倆中間擠過去，不過這樣做很不禮貌。

　　仔仔貓只能不緊不慢地走着。

　　他手中的咖啡散發着好聞的香味。

　　「謝謝你，約我來這漂亮的旋轉餐廳就餐。」一位胖河馬太太對另一位胖河馬太太説。

　　「不客氣。」那位胖太太説，「我想你一定會喜歡這個餐廳的。看，這窗外的夜景多麼迷人啊。沒有人不喜歡這裏的。」

　　「不，不完全如此。據我所知，狗就不喜歡這裏，你在餐廳裏舉目四望，是很難找到狗的。」

　　「那兒不是有一位嗎？」

　　「哦，是那位狗先生嗎？他準是被別人硬拖來的。你沒瞧見，那位狗先生背對着玻璃幕牆坐着嗎？

他不敢回過頭去看窗外的風景。」

「這是為什麼？」

「狗有恐高症啊，十條狗裏九條有恐高症，你一定見過貓從很高的樓上跳下來，可你見到狗跳過嗎？狗一到高樓的窗前，就會渾身發抖的……」

「這是狗不願意來這裏的主要原因嗎？」

「是的，你可以去打聽一下，狗基本上都有恐高症！」

聽着這兩位河馬太太的一問一答，仔仔貓差一點兒驚翻手中的咖啡杯和冰淇淋盤子。

「這太可怕了！」仔仔貓想，「這兩位河馬太太說的也許是實話。要不，為什麼從踏進這飯店的一刻起，爸爸狗會有那麼多反常的舉動呢？」

爸爸狗既然有恐高症，為什麼還要陪自己到這 99 層高的大飯店裏來呢？

仔仔貓突然明白了：爸爸狗是為了讓自己高興，是為了讓自己過一個難忘的生日……想到這裏，仔仔貓拿在手中的盤子和杯子不禁抖動起來。

「對不起，請讓一下！」説完這句話，仔仔貓便從轉過身來的兩位河馬太太中間擠了過去。

兩位河馬太太發出驚慌的叫聲。

仔仔貓急急地走着，連熱咖啡灑在手上和身上都顧不得了。

仔仔貓來到座位前，他放下咖啡和冰淇淋，對還呆呆地望着燭光的爸爸狗說：「爸爸，你有恐高症？」

　　「誰說的？」爸爸狗驚異地抬起頭來，「就因為我不肯回過身子嗎？我這就轉過身子去。」

　　爸爸狗說着把椅子轉了個方向，臉朝玻璃幕牆，但他神情緊張，身子也似乎有點顫抖。

　　「不，別這樣！」仔仔貓急忙幫爸爸狗又轉回椅子。他問爸爸狗：「你既然有恐高症，為什麼還要陪我來這裏呢？我們可以去其他餐廳的，我們剛才可以離開這裏的，就像離開『海盜餐館』那樣……」

　　「不，我看你在這兒很高興，你是那麼喜歡窗外的夜景，我一點兒也不後悔到這兒來。」爸爸狗說，「唉，我以前有點兒恐高症，但我沒想到隨着年齡的增長，我越來越怕從高處往下看了，我真沒用。」

　　「不行，我們馬上離開這裏！」仔仔貓用力扶起了爸爸狗，他們結完賬馬上進了電梯。

　　走進觀光電梯，仔仔貓和爸爸狗一起並排站着，面對電梯那一排按鈕，仔仔貓用力按了一下「1」，電梯飛快地往下降着，一直到電梯「噹」的一聲降落在底層，仔仔貓才舒了一口氣。

　　走在繁華的大街上，到處燈光閃爍，人羣湧動，爸爸狗恢復了常態。他和仔仔貓有說有笑地走着，不時回過頭來，瞧着身後「藍天飯店」上的旋轉餐廳，自言自語地說一聲：「哦，那兒真高啊！」

第 3 章

《海灘報》上的驚人消息

獾先生驚恐極了，他想這狠心的斑條虎一定是吞下了小兔子和仔仔貓，而其中的一個正卡在他的嗓子眼裏。

兔子城的
總衝浪賽

　　爸爸狗駕駛着藍色轎車又在公路上奔馳了。這一次，他們是沿海邊行駛。

　　車子的一邊是綿延的高山，車子的另一邊是湛藍湛藍的大海。

　　走在這樣的公路上，仔仔貓特別心曠神怡，爸爸狗也在輕輕地哼着曲子。父子倆都陶醉在這美麗的景色中，誰也不願意多講話。

　　藍色轎車駛進一片美麗的海灣。

　　公路上方出現了一條條橫幅標語：

　　兔子城第十三屆衝浪比賽隆重舉行！

　　歡迎您來兔子城衝浪！

　　您是兔子城最受歡迎的客人！

　　兔子城海濱旅館歡迎您！

　　兔子城濱海飯店歡迎您！

　　兔子城海天碧浪度假村歡迎您！

　　兔子城礁石別墅歡迎您！

　　兔子城金槍魚美食餐廳歡迎您！

　　兔子城龍蝦燒烤歡迎您！

　　……

彩色的標語一條連一條，海濱公路顯得五彩繽紛。

車廂裏的仔仔貓開始興奮起來。

他認真讀着每條標語，每讀完一條，他都歡呼道：「太好了！」

仔仔貓以前從電視裏看過衝浪運動，雖說他不會游泳，但他覺得衝浪真是太刺激、太驚險、太夠味了，看看都過癮。

他回頭看了看爸爸狗，爸爸狗一面開着車，一面也在瀏覽着每條標語，他從後視鏡裏看見仔仔貓興奮的樣子，回過頭來説：「看來，我們得在兔子城住上兩天了，衝浪比賽可不是經常能遇到的。」

「太好了！爸爸，我們就去兔子城的海濱旅館或者濱海飯店住吧，度假村和別墅的費用太高了，我們就不要去了。」

説話時間，他們的車子已經到了海濱旅館門口。爸爸狗停下車來笑着説：「仔仔貓，你真是個好孩子，很懂得節儉啊。」

爸爸狗把手搭在仔仔貓的肩上，他們一同走進了大門。

19 層是山，
26 層是海

　　海濱旅館的大堂裏人聲鼎沸，一批批的旅客走進走出，熙熙攘攘。

　　爸爸狗領着仔仔貓，好不容易才擠到服務台前，一位胖胖的熊先生正在為一批旅客發放房間的鑰匙牌子，等他稍一空下來，爸爸狗連忙上前説：「先生，我們想要一間雙人標準房。」

　　熊先生抬頭看了一眼爸爸狗説：「對不起，先生。我們的房間全部預定出去了，無法給您安排一間雙人標準房。」

　　「那安排一間單人房也行，我可以睡在地上，或者加鋪。」仔仔貓在一邊説。

　　「對不起，單人房也沒有了。不過，請稍等，讓我再翻一翻記錄。」説完，熊先生翻開了手邊的一個大本子，他看了一會兒説，「飯店的頂層，也就是48層上，有一個大套間，裏面有兩個卧室、一個客廳，還有一個小會議室。」

　　一聽見熊先生講房間在48層上，爸爸狗的臉色就有點變了，仔仔貓連忙上前插嘴：「對不起，先生，我們就兩個人住，不想要那麼大的房間，我們也不想

在這裏舉行什麼會議。」

熊先生合上了他的大本子說：「那麼，我只能說一聲抱歉了。」

仔仔貓和爸爸狗一起走出旅館，他們的車子沿着海濱大道又開了一段路，前面到了濱海飯店。

這次仔仔貓不讓爸爸狗出面，他自己來到了服務台前。服務員是一位瘦瘦的鴕鳥小姐。

「請問小姐，您能給我們安排一個雙人標準房嗎？」仔仔貓說。

鴕鳥小姐看了一下仔仔貓說：「可以，不過房間只剩下兩套了：一套在 19 層，窗外是一片羣山，風景很美麗；另一套在 26 層，窗外是藍色的海灣。這兩套房是我在一分鐘前，剛接到退房通知的，原先訂這兩套房的旅客現在臨時有事來不了了。要不，我們這裏早就沒有房間了。」

「小姐，能不能在底層或二三層給我們安排一間房子呢？哪怕地下室也可以。」仔仔貓望着站在遠處的爸爸狗說。

「不，沒有低層的房間了，地下室是車庫，怎麼能住人？在我們飯店，住得越高窗外風景越好，我不明白你們為什麼要住地下室，是想便宜一點嗎？」

「不，因為我爸爸有恐高症，他住那麼高的樓層

心裏會恐慌的。要不，我們再去海天碧浪度假村和礁石別墅問問。」

「不用問了。」鴕鳥小姐説，「剛才有客人從他們那兒來，這兩處地方三天前就住滿了客人，衝浪比賽不結束，那裏是不會有空房間的。」

看着仔仔貓着急的樣子，鴕鳥小姐説：「其實沒關係的，只要乘電梯時讓你爸爸閉上眼睛，走進房間你們別拉開窗簾不就行了嗎？」

仔仔貓想了想，覺得這個辦法可以考慮，因為鴕鳥小姐告訴他，在旅遊旺季，想在海濱一帶再找到一套房間是很困難的。

「好吧，那我們要樓層較低的那一間吧。」仔仔貓心想，再晚一點我們也許連這間房子也住不上了。

「是 19 層的那間嗎？那是一間有會客室的豪華套間。」

「看來，我們只能要 26 層的那間了。」仔仔貓有點忐忑不安，他朝爸爸狗那個方向看去，他不知道怎麼才能把爸爸狗弄到那麼高的房間裏去。

仔仔貓用爸爸狗的名義訂下了房間，他拿着房間鑰匙牌子，向爸爸狗走去⋯⋯

當爸爸狗睜開眼睛時，他們已經站在飯店房間門口了。不等爸爸狗看清自己住的房間號碼，仔仔貓已

經打開門把爸爸狗擁進了房間。

房間很寬敞，爸爸狗問仔仔貓：「我們住在幾樓？我可以看看窗外嗎？」

仔仔貓連忙回答：「飯店已經沒有低層房間了，我們住的房間並不很高，你不用害怕的。不過，請你千萬不要拉開窗簾看外面。聽服務員小姐説，在舉行衝浪比賽的日子裏，有許多強盜和壞蛋也都來到了兔子城，只要你拉開窗簾，他們知道這房間住着人，就會爬進來搶劫，到那時我們的錢和命就完了。」

「是嗎？」爸爸狗趕緊捂住自己的錢袋，他問，「我們住的房間真的不很高嗎？」

「不高。強盜們一爬就會爬進來的。」仔仔貓為了不讓爸爸狗看窗外，只能這樣嚇唬他了。「好的，我一定不看窗外！」爸爸狗一屁股坐在沙發上，他説，「我有點累了。」

「那你休息一會兒，」仔仔貓説，「我去樓下買兩張衝浪比賽的票。買好票後我會打電話給你，我們再去逛街……」

仔仔貓沒有聽到爸爸狗的回答，他側耳一聽，爸爸狗已經輕輕地打起了呼嚕。

仔仔貓輕手輕腳地走出了房門。

差點兒被老虎吃掉的兔子

仔仔貓乘電梯下到飯店的大堂。

他問服務員鴕鳥小姐，在哪裏可以買到衝浪比賽的票。鴕鳥小姐告訴他，出飯店門往右拐，走不一會兒就是衝浪比賽的售票處。正巧這時，有隻兔子也來問買票的事，仔仔貓説：「請跟我走吧，我知道去哪裏買票。」

小兔子很高興地跟仔仔貓走了。

小兔子告訴仔仔貓，他住在這個飯店的三樓，仔仔貓問：「你是自個兒來看比賽的嗎？」

「是的。」小兔子説，「我可喜歡看衝浪比賽了，真夠刺激的。你是和誰一起來的？住在幾樓？」

仔仔貓説：「我住 26 樓，是和爸爸一起來的。」

説着，他們已經到了衝浪比賽的售票處。

可是售票處的窗口緊緊關閉着，上面掛着一塊牌子：票已售完。

「完了！」仔仔貓一下子不知怎麼辦才好。

「怎麼會這樣呢！」小兔子急得快哭出來了。

這時，有位很有風度，像紳士一般的獾先生也來買票，一看票沒了，他説：「別着急，我聽説那邊叢

林邊，也有賣票的。」

「路遠嗎？」小兔子焦急地問，「我出來時連房間門也沒來得及鎖上呢。」

「不遠，就在前面，我曾經走過那裏。」

三個人一起朝叢林方向走去。

已經是黃昏時分了。

叢林邊暗暗的，那裏有條長長的小路，但小路上空無一人。

「這裏哪有賣票的？」小兔子環顧四周說。

「連人影兒也沒有。」仔仔貓接着說。

突然，從矮樹叢裏閃出一個人影兒來。

「是找我嗎？」粗粗的嗓門讓人嚇了一跳。

原來是個身穿西服的斑條虎先生。

「請問，你這兒賣衝浪比賽的票嗎？」小兔子彬彬有禮地問。

「當然有，儘管票很緊張，可我這兒還留了幾張，要買拿錢來。」

「票很貴嗎？」看得出小兔子對這位斑條虎先生有點害怕。

「不貴，120 元一張。」斑條虎拍拍口袋。

「太貴了，售票處那兒才 20 元一張！」

「那裏是便宜，可是有票嗎？」斑條虎惡狠狠地

盯着小兔子說。

「能便宜一點嗎？」小兔子低聲地說，「我帶的錢不多。」

「那就 100 元一張，再也不能少了。拿錢來吧！」

「不，我不要，這票太貴了！」小兔子轉身想走，誰知斑條虎竟然伸出手來，拽住小兔子的兩隻長耳朵把他提了起來，惡狠狠地說：「還了價錢又不想要了，哪那麼容易呀，快把你所有的錢都掏出來！」

「不，不，我的錢還有其他用處。」

「小兔崽子，交給你虎爺爺是最大的用處，懂不懂！」老虎的血盆大口快咬着小兔子了。

「救命！」小兔子慘叫起來。

「你還喊救命，看我不吃了你！」斑條虎的嘴巴張得更大了，一顆顆尖尖的牙齒都看得見了。

「快逃命吧，遇到強盜了！」那位紳士般模樣的獾先生抬腳逃走了。

仔仔貓慌了，眼看斑條虎的血盆大口快挨着小兔子了，忽然，仔仔貓摸到了胸前掛着的爸爸狗給他的吉祥物──那條玉石雕的兇猛鯊魚。仔仔貓急忙把它拿下來，向着張大的虎嘴扔過去。

「讓我的大鯊魚來收拾你！」

仔仔貓的眼力非常準，玉石雕的大鯊魚一下子飛進了斑條虎的喉嚨裏。

「咔……咔……」斑條虎發出嚇人的怪叫,他丟下小兔子,兩手在脖子上使勁擠壓。

「咔、咔、咔……」

趁着斑條虎手忙腳亂的時候,仔仔貓拉着小兔子穿過叢林逃走了。小兔子的頭上被斑條虎的爪子抓傷了一塊,鮮血直往下流。

再説玀先生逃出沒多遠,他停住了腳步。玀先生為自己的膽怯感到羞恥,他覺得自己不應該把兩個小東西扔在那兒不管,還是他把他們領去的呢。

玀先生聽見斑條虎發出恐怖的叫喊,他回過身鑽進叢林中,一步步向斑條虎靠近。

他見斑條虎俯着身子發出「咔、咔、咔」的聲音,四周已經沒有了小兔子和仔仔貓。玀先生驚恐極了,他想這狠心的斑條虎一定是吞下了小兔子和仔仔貓,而其中的一個正卡在他的嗓子眼裏。

玀先生用比剛才逃命時更快的速度向海灘衝去,沒跑出多遠就見一隊巡邏的警察走來,他趕快上前攔住警察,並向他們講述了自己剛才親眼目睹的這幕慘劇。

沒隔多久,玀先生便見巡邏警察們,把斑條虎從叢林方向押了過來。斑條虎已經不再咔、咔地亂叫喚了,看來兔子和貓已經被他嚥了下去。玀先生憤怒地衝上前去對着斑條虎説:「強盜!殺人犯!是你吃了

兔子和貓！」

「別胡説八道，冤枉！」斑條虎的嗓子還不舒服，「咔、咔、咔⋯⋯」

「瞧，那兩個可憐的小東西的骨頭，還卡在你的嗓子眼裏呢。可惡！可恨！」

「別胡説，我⋯⋯我只是個票⋯⋯票販子！」斑條虎結結巴巴地説。

旁邊有個《海灘報》的記者黑猩猩先生，他馬上拿起照相機，把這場面拍了下來。他説：「了不得的新聞，一隻斑條虎冒充票販子，一下子吃掉了兩個小傢伙，這是個爆炸性的新聞！」

警察請玃先生去警察局作證，玃先生二話沒説跟着走了。那位記者先生緊緊跟在後面，問了玃先生事情的經過。

玃先生和被押着的斑條虎進了警察局，黑猩猩先生仍不肯離去，他在警察局門口等候着新的消息。

審問由警察局長河馬先生親自主持。

河馬局長用低沉卻很威嚴的聲音問斑條虎：「玃先生親眼目睹你吃了兔子和貓，有這回事嗎？」

「壓根兒就是胡説！」斑條虎惡狠狠地瞪了玃先生一眼，「我只是想販賣幾張入場券賺錢，兔子不想買我的票，我恐嚇了他，也許粗暴地弄傷了他，不過

我絕對沒有吃掉兔子和貓。」

「你吃了，他們還卡住了你的喉嚨！」獾先生氣憤地説。

「我只是張大嘴巴想嚇唬兔子一下，可後來不知飛來一個什麼東西，卡住了我的喉嚨。」

「兔子和貓不是鳥兒，他們不會飛進你的嘴裏！」獾先生大聲地説。

「那麼兔子和貓後來去哪兒了？」局長示意獾先生安靜，他接着審問斑條虎。

「不知道。當時我被什麼東西卡住了喉嚨，等我回過神來，兔子和貓已經失蹤了。」

「很清楚。」獾先生緊盯着不放，「你把他們吞進肚裏，他們卡住了你的喉嚨。現在，毫無疑問，他們在你的肚子裏。」

「你胡説，小心我……」

「怎麼，你還想吃掉我不成？我不怕你，我是一個有良心的紳士，我要控告你！」

警察局局長示意獾先生不要再説，他對斑條虎説：「你高價販賣衝浪比賽票是違法的，你恐嚇兔子、弄傷兔子又犯下了傷害罪。你要老實交代，究竟有沒有吃掉兔子和貓！」

「沒有，我要控告這個假斯文的獾先生，他犯下了誣告罪。」

「我沒有誣告，不信警官先生可以剖開他的肚子查一查，那可憐的兔子和貓一定在他的肚子裏！」

「我還要控告你陰謀殺人罪！」斑條虎害怕真的被剖肚子，他捂着自己的肚子咆哮着。

警察局局長和邊上的警官們都笑了，説：「我們不會剖你的肚子，但我們可以化驗你的糞便。如果你真吃了兔子和貓，我們會找到證據的。」

河馬局長最後對獾先生説：「謝謝你來作證，請回去吧，我們會做進一步調查的。」

「謝謝。」獾先生鞠了一躬，離開了警察局。

當獾先生走出警察局大門的時候，那位還在等候着的黑猩猩記者追了上來，他問：「怎麼樣，獾先生？那隻壞蛋斑條虎招認他的罪行了嗎？」

「還沒有。」獾先生很有把握地説，「我相信這是鐵證如山的事，等會兒警察局化驗他的糞便，一定會找到證據的。」

黑猩猩記者連忙撥電話給報社的總編輯：「案情正在發展着，證人獾先生提供了重要材料，等會兒化驗犯罪嫌疑人的糞便，到時便會有正確的答案。」

「請繼續採訪，密切注意動態。」總編輯説，「我們留着重要的版面等候你的最終消息！」

「是！」

爸爸狗住進了
三樓房間

爸爸狗在沙發上美美地睡了一覺。

睡夢中，爸爸狗彷彿聽到有人打電話給他，可是覺得自己無論怎麼使勁也走不到電話機邊上，心裏一驚就醒了。

四周已經是漆黑的一片，夜幕降臨了。

爸爸狗站起身來，打開了房間的燈。

房間裏空空的，只有他一個人，四周安靜極了。他再打開衛生間的燈，裏面也空無一人。仔仔貓上哪兒去了？

爸爸狗使勁地想，他想起了仔仔貓好像跟他說過，他要去樓下買衝浪比賽的票。爸爸狗還記得，仔仔貓說，等買到票後就會打電話給他，和他去逛街的，還讓他閉着眼睛乘電梯，到底層來，他在那兒等他。

對了，剛才他在夢中聽到的電話鈴聲，也許正是仔仔貓從樓下打上來的，仔仔貓肯定會在電梯門口等他的。

想到這兒，爸爸狗連燈也沒關，就匆忙走出房門，電梯就在房間對面，這時正好有個人從電梯走出來，他趕緊走進電梯，按了一下「1」，便閉上了眼睛。

電梯很快地朝下開去。電梯裏空無一人。電梯開了很長一段時間，爸爸狗心想，不是説住得不高嗎？這電梯開得真慢！

「噹！」電梯門開了，爸爸狗朝外面一看，已經到了底層。

他走出電梯，周圍除了幾個進電梯上樓的人外並沒有誰在迎接他，仔仔貓根本沒在樓下等他。

爸爸狗在飯店的大堂裏轉了兩圈兒，也沒找到仔仔貓。

仔仔貓上哪兒去了呢？

爸爸狗想，也許剛才仔仔貓打電話給他，他在沙發上睡着了沒有聽見，仔仔貓為了讓他多睡一會兒，就獨自逛街去了。

爸爸狗走出飯店，門外是條臨海的繁華街道，街上商店一家連一家，燈火通明，人羣川流不息。

爸爸狗不想逛街，他看了一會兒海，夜晚的大海真美麗，海浪一陣接一陣地沖刷着海灘，海邊上還有一些人在嬉水。遠處，有一段被封閉的海灘，那是衝浪運動場，人們正在忙碌地布置看台。

海風吹在身上有點涼意，爸爸狗想回飯店房間休息了。

走到飯店門口，爸爸狗突然想起，自己回到幾樓幾號房間呢？仔仔貓説他們住的樓層不高，還説過不

要拉開窗簾、打開窗。不然，強盜和壞蛋會從窗口爬進來的。

爸爸狗站在下面抬頭看飯店，飯店好高好高，頂層的房子，好像快碰到白雲了。

飯店的一樓是寬敞的大廳，二樓燈火輝煌，看上去是商店和餐廳，從三樓開始是客人房間，而二樓頂上有個平台，和三樓靠得很近。爸爸狗明白了，他們住的是三樓，仔仔貓說的危險就在這兒，壞蛋踩著二樓的平台，是很容易爬進三樓房間的。

「看來我們住在三樓，這不會有錯。可是住幾號房間呢？」爸爸狗一拍腦門想起來了，不就是走出電梯對面那一間嗎？

爸爸狗為自己的聰明和機靈感到高興。

走進電梯，這次他不想再閉眼睛，見沒有其他人，他按了一下「3」，電梯就徐徐上升了，不一會兒，就在三樓開了門。

爸爸狗覺得奇怪：「這電梯真有趣，下來時跑了很長時間，上去一會兒就到了。」

爸爸狗走出電梯，來到對面的房間，他一推門就走了進去。他看了一下四周，這準是他們的房間，窗簾的顏色，沙發和牀的位置，他都很熟悉。爸爸狗給自己倒了一杯水，躺在牀上想：讓我等仔仔貓回來吧。

不一會兒，牀上響起了呼嚕聲。

《海灘報》上的驚人消息

爸爸狗一大清早就起來了。

他伸了個懶腰，朝邊上的牀鋪看看。牀上平平整整的，毫無睡過的痕跡。爸爸狗一骨碌爬了起來，推開衞生間的門，裏邊也是空空的。

昨晚仔仔貓沒回來！

爸爸狗開始着急起來。

仔仔貓上哪兒去了呢？

門外有人走動的聲音，爸爸狗連忙打開門，以為是仔仔貓回來了。門外站着的是服務員，正在給每個房間送晨報呢。

服務員説：「早上好，先生。」

「早上好。」爸爸狗收下了服務員遞給他的報紙，走回房間。

這是一份剛出版的《海灘報》，報紙還散發着油墨味兒。

爸爸狗攤開報紙，瀏覽了一下。

報紙上的一行粗黑大標題，嚇了他一跳：

濱海飯店旁的叢林邊
昨夜發生驚人的**謀殺案**
據目擊者稱，兔子和貓慘落虎口

爸爸狗一讀這標題手就發抖了。

他一口氣讀完文章，又看了邊上的照片。照片上有一個帶繩子的吉祥物，那正是爸爸狗不久前送給仔仔貓的生日禮物，一條玉石雕成的大鯊魚。

照片下的說明是：這是從斑條虎糞便中發現的被害者的吉祥物，兔子和小貓已慘落虎口。

報紙從爸爸狗的手中滑落下來，他頭腦「嗡」的一下，眼前一陣發黑，似乎什麼也看不見了，爸爸狗癱倒在沙發上，淚如泉湧。

過了一會兒，爸爸狗才清醒過來，他撿起報紙繼續往下讀。

文章說：兇手斑條虎是個黑市票販，因買賣不成，痛下毒手，吃了貓和兔子。目前是否還有其他人遇害，尚不得而知。斑條虎至今還矢口否認自己的罪行，但鐵證如山，他是逃不出法律制裁的。

報紙還配了短評，告誡旅客們不要去票販子那裏購票，更不要在夜晚去人跡稀少的地方，以免發生危險。

爸爸狗明白了，仔仔貓一定是去叢林旁邊買斑條虎的黑市票而慘遭不幸的。

爸爸狗不禁號啕大哭起來。

悲慘的哭聲，驚動了飯店的服務員和左右房間的旅客，大家都來打聽是怎麼回事。

從落在地上的報紙和爸爸狗叫着兒子的哭聲中，大家明白了，這位可憐的狗先生的兒子不幸落入了虎口。

隨着爸爸狗悲慘的哭聲和服務員、旅客們的消息傳播，沒過多久，整幢飯店都知道三樓有位不幸的狗先生，他的兒子在昨天晚上落入了虎口。

「遇難者中，又增加了一隻狗！」大家上上下下都在議論着。

整個飯店籠罩着一片緊張肅穆的氣氛，人們都有點惶惶不安，不少人來三樓房間安慰爸爸狗。

但人們的安慰，只能更增加爸爸狗的悲傷。他怎麼也不相信，他的寶貝兒子就這樣離開了他，離開了這個世界。

爸爸狗不停地哭泣着，悲傷得説不出話來。

衞生間裏的燈光

　　仔仔貓和小兔子跑出了叢林，他們嚇得直發抖，小兔子頭上的鮮血流得更多了。他摸了一下自己的腦袋，看着手上沾着的鮮血，不由嚇得大哭起來。

　　仔仔貓安慰小兔子不要害怕，他們已經遠離了危險。走了沒多久，他們看見了一家醫院，仔仔貓把小兔子送進了醫院。醫生為小兔子包紮了傷口，還為他做了全身檢查。

　　小兔子直喊頭暈，醫生要小兔子留院觀察幾個小時。

　　仔仔貓想起了爸爸狗，自己出門那麼長時間，他一定在房間等着急了。仔仔貓對躺在病牀上的小兔子説：「我得回飯店照顧我爸爸了，我住在飯店的 26 樓。明天上午我會再來看你的。」

　　小兔子説：「不用了，如果沒有什麼情況，我會馬上出院的，到時我會去樓上看你。謝謝你救了我！」

　　「不用謝，我們會成為好朋友的。」仔仔貓向小兔子擺擺手説，「安心養傷，祝你早日康復。」

　　仔仔貓走出醫院，夜已經很深了。遠處的濱海飯店大樓，很多房間的燈已經熄了。仔仔貓自言自語地

説：「爸爸狗也許已經睡了。」

一出電梯，仔仔貓直奔自己房間。

推開房門，房間裏燈還亮着，可是不見爸爸狗的影子。牀上沒有，沙發上也沒人影兒，仔仔貓記得，爸爸狗原來是在這張沙發上打瞌睡的。

仔仔貓有點着急了。

他抬頭一看衞生間。衞生間的門關着，但門縫裏透出亮光。仔仔貓放心了，心想爸爸狗一定是在沙發上打瞌睡剛醒，正洗澡準備上牀睡覺呢。

「讓我在這兒等他吧。」仔仔貓一屁股坐在爸爸狗打瞌睡的沙發上，閉上眼睛想休息一會兒。

這一晚上，仔仔貓實在太累了，眼前的燈光在他的眼中顯得模糊起來，他的眼皮越來越重，越來越重，不知不覺他睡着了，睡得很沉⋯⋯

仔仔貓睜開眼睛時，天已經大亮了。

他在沙發上打了個哈欠，站起身問：「爸爸，昨晚睡得還好嗎？」

沒人回答。仔仔貓站起身一看，那兩張牀上都是平平整整的，不像有人睡過的樣子。他再一看衞生間的燈還亮着，推開門，裏面空無一人。

仔仔貓傻眼了。

看來，自己昨晚回房間時，爸爸狗一定不在房間裏，準是出去找他了。可是他究竟找到哪兒去了呢？竟然一夜未歸。

想起爸爸狗有恐高症，仔仔貓更擔心了。

這時，聽到門外人聲嘈雜，仔仔貓以為爸爸狗回來了，他連忙打開門。

門口的服務員，正在給每個房間送報紙。

「先生，請看今天的《海灘報》，報上有重要新聞！」

仔仔貓接過報紙，根本無心看，有什麼能比找到爸爸狗更重要的呢！

仔仔貓回身把報紙扔在沙發邊的茶几上，他穿好鞋準備出門了。

忽然，他聽見走廊上有人大聲嚷嚷：「可惡啊，這隻斑條虎在叢林邊逞兇作惡，不知害了多少人！」

「聽說，還有一隻狗遭遇不幸了！」

仔仔貓的腦袋「嗡」的一聲，像炸開了一樣。

「會不會昨晚爸爸狗出去找我，也被斑條虎謀害了？那可是一隻兇殘的老虎。」仔仔貓想。

一想到這兒，仔仔貓不禁放聲大哭起來。

仔仔貓的哭聲也驚動了整個飯店，旅客和服務員紛紛傳遞着這個同樣可怕的消息：「26 樓有隻可憐的小貓，他的爸爸——一隻有身分的老貓，昨晚也被叢

林邊的斑條虎吃了！」

　　不一會兒，大家紛紛上樓來安慰仔仔貓。

　　仔仔貓關上房門痛哭，誰也不見。

　　仔仔貓想起了爸爸狗多麼關愛他，他和爸爸狗親密無間的生活在腦海裏一幕幕地展現，這讓仔仔貓更傷心了，他不能失去爸爸狗。

　　「爸爸狗是為了找我而遇害的！」

　　仔仔貓想到這裏哭得更傷心、更悲慘了，門外無論誰敲門他都不願開⋯⋯

爸爸狗的兒子
是隻貓

　　受傷的小兔子在醫院裏躺了一夜，沒有出現異常情況，第二天一早他就出院趕回飯店了。

　　小兔子想好好謝謝仔仔貓，是他救了自己，他記得仔仔貓住在和自己同一飯店的 26 層上。

　　飯店門口圍着很多人，小兔子上前一看，是個賣望遠鏡的小販，這是一隻很會做生意的灰兔子。

　　灰兔子説：「朋友們，來買架望遠鏡吧，即使你沒有買到衝浪比賽的票，也不用發愁，你可以在海灘上、在你旅館的窗口前，用我的高倍望遠鏡觀看比賽。」

　　灰兔的生意很好，他一邊把一架架望遠鏡送到顧客手裏，一邊滔滔不絕地説着：「女士們、先生們，只要你一舉起望遠鏡，寬闊的大海、精彩的衝浪賽就在你眼前了……」

　　聽灰兔這麼一説，小兔子趕快摸出錢買了兩架，他要把另一架送給仔仔貓。

　　電梯正停在 26 層樓上，小兔子不等電梯下來，他就衝向樓梯，一口氣跑到三樓，他要先去自己房間

看看，昨晚他出門時匆忙中連門都沒鎖。

　　自己的房間門口圍着一大羣人，這讓小兔子嚇了一大跳，不知發生了什麼情況。是自己房間裏失竊了嗎？這他並不擔心，因為小兔子沒有在房間裏放什麼值錢的東西。

　　小兔子分開人羣，走進了自己的房間，只見有一位狗先生正坐在沙發上號啕大哭，他手邊還放着一張報紙。

　　小兔子問狗先生是怎麼回事。狗先生說：「我叫爸爸狗，住在這間房子裏，昨晚我的兒子出門買衝浪比賽票，被斑條虎吃掉了！」

　　「奇怪啊。」小兔子說，「你弄錯了吧，我才是這間房子的住客呢！」

　　「不，我是這間房子的住客，昨晚我的兒子就是從這裏出去遇害的。我住在電梯對面的房子裏，這是兒子給我安排的，不可能搞錯。可是，我可憐的兒子被斑條虎吃掉了……」

　　爸爸狗邊說邊看了小兔子一眼，哭得更傷心了。

　　小兔子心想，這位爸爸狗大概急糊塗了，連自己住的房間都弄錯了。他很可憐這位狗先生，看得出他非常愛自己的兒子。

　　「你兒子是一隻什麼樣的狗？」小兔子心想，昨晚他們在叢林旁邊並沒有見到過狗。

「不，我的兒子是一隻貓，一隻可愛的小貓。」爸爸狗說。

門口圍觀的人們都大笑起來，這讓爸爸狗感到莫名其妙。

有位胖胖的熊太太說：「這位狗先生大概是瘋了，他坐在別人房間裏，說自己被斑條虎吃掉的兒子是一隻貓！」

「真是顛三倒四……」有位狐狸先生搖着頭說。

小兔子看見爸爸狗哭得很傷心，不像是隻精神不正常的狗。他把圍觀的人們都請出門外，小兔子關上門問爸爸狗是怎麼回事。

看着眼前這隻好心的小兔子，爸爸狗把事情的過程，簡單給小兔子講了一遍。最後他說：「我的兒子確實是隻貓，是隻名叫仔仔貓的小貓，他被斑條虎吃了……」

小兔子聽後馬上跳了起來。他說：「不，不，仔仔貓是我的好朋友，他根本沒被斑條虎吃掉，他還教訓了那隻斑條虎呢！」

「你真會編故事。」爸爸狗抹了一把眼淚說，「我知道，你是隻好心的小兔子，想安慰我。」

「不，仔仔貓真的沒有被斑條虎吃掉，他現在在自己的房間裏。」

「在哪兒？」爸爸狗環視房間問，「他在哪兒？

你又在騙我，連報上都登了，我的小仔仔貓和一隻小兔子一起，都被斑條虎吃了。瞧，這裏還登着他的吉祥物呢！」「不可能，不可能，我和小仔仔貓都好好的，怎麼可能被斑條虎吃掉！」

「誰說你了？我沒説你被斑條虎吃掉。你看，仔仔貓的吉祥物，這是從斑條虎的糞便中找到的。」爸爸狗指着報上的照片説。

小兔子接過爸爸狗手中的報紙，他看了幾行便大笑起來，笑得連氣都喘不過來：「搞錯了，搞錯了，全都搞錯了！」

爸爸狗瞪大眼睛看着小兔子，這時他才看見小兔子的頭上還纏着繃帶呢。

這是一隻受過傷的小兔子。

要修改證詞的
獾先生

　　小兔子攙扶着爸爸狗走進電梯。

　　這次爸爸狗不再閉上眼睛，他要看看自己到底住在幾樓。

　　小兔子按了一下電梯上的數字鍵26，爸爸狗這才明白，自己住在26層樓上。「26層，多麼高的樓層啊，簡直像在天上一樣。」爸爸狗的腳不禁又有些發抖了。

　　但是，經歷了這一場風波，爸爸狗不再害怕了。剛才聽小兔子告訴他，仔仔貓是怎樣用他的一個小小的吉祥物，收拾了斑條虎而救下小兔子的，爸爸狗很為自己聰明勇敢的兒子驕傲。

　　有這樣的兒子，他不應該再害怕什麼了。

　　電梯一層層往上開，爸爸狗的眼睛盯着電梯上方顯示的數字。10、11、12、13……爸爸狗知道，自己在往越來越高的地方走，這又有什麼呢？只要能找到心愛的兒子，就是把他送到月亮上去，他也不會害怕的。

　　爸爸狗和仔仔貓才分別了一個晚上，就彷彿仔仔貓真的上了月亮一樣，感覺他們離得太遙遠了。爸爸狗是多麼想念自己的兒子呀。

「噹！」電梯停在 26 層上了。

電梯門剛一開，爸爸狗便跌跌撞撞地向對面的房間走去。

房間的門緊關着，門口站着一羣竊竊私語的旅客。

「開門啊，裏面有人嗎？」小兔子輕輕地敲着門。

「不開！」裏面有人説，「謝謝你們的好心，請都離開這裏吧，我想一個人待着。」

「我是小兔子啊！」

「誰也不開！」

「開吧，我給你把爸爸送回來了！」

「我不信，我不開……」

「仔仔貓，開門吧，我是你的爸爸，我是爸爸狗！」

屋裏一下子靜了下來。

「兒子，開門吧，我是你的爸爸狗！」

門「啪」的一聲打開了，從屋裏衝出個滿臉淚水的小貓，他一把抱住了爸爸狗，大喊着：「爸爸，爸爸狗，真的是你嗎？」

「是的，真的是我。」

爸爸狗和仔仔貓緊緊地抱在一起。

門外的旅客們怎麼也**鬧不清**[1]，仔仔貓的爸爸會

---

[1] 鬧不清：分辨不清或認識不清。

是隻狗，而爸爸狗口口聲聲叫着的兒子，竟然是一隻小貓……

這時，從人羣中衝出一個紳士模樣的人，原來是玃先生。玃先生瞪大眼睛對仔仔貓和小兔子説：「你們沒有被斑條虎吃掉啊，看見你們還活着我太高興了！」接着玃先生使勁拍了一下腦袋説：「不過，我得馬上給警察局的河馬局長打電話，我要修改我的證詞。不然，那隻該死的斑條虎會倒大霉的！」

仔仔貓説：「謝謝你，好心的玃先生。」

玃先生笑着：「不用謝，沒有比這更好的了，你們父子團圓了。我得給《海灘報》的記者黑猩猩先生打個電話，這個消息會讓更多人感興趣的。」

玃先生高興得蹦蹦跳跳地走了，他不像個紳士，倒像個小孩了。

快樂的海濱包廂

　　人羣都散盡了，屋子裏恢復了平靜。

　　仔仔貓和爸爸狗在講述着昨晚他們各自的遭遇。這時，小兔子拉開了窗簾，燦爛的陽光射進屋裏，小兔子大聲驚歎起來：「看，多麼美麗的海灣啊……」

　　「快拉上窗簾！」仔仔貓突然跳起來説。

　　小兔子被嚇了一大跳，不知發生了什麼事情。爸爸狗連忙擺擺手説：「不，不，不用再拉上窗簾，外面的陽光和大海太好了。」

　　「是啊。」小兔子指着窗外説，「快來看，海灘上站滿了人，驚險的衝浪比賽馬上就要開始了。」

　　「不，爸爸狗有恐高症。」

　　「我把恐高症丟在電梯裏了。」爸爸狗高興地説，「有仔仔貓和小兔子陪伴着我，窗外又有蔚藍的大海、奔騰的波浪，我再也不會恐高了……」

　　「我們一起來看衝浪比賽吧。」小兔子揚了揚剛才在樓下買的望遠鏡説，「看，我連瞭望的工具都準備好了。」

　　爸爸狗走到窗前説：「這兒真像個海濱包廂呢！」

　　他們三個站在窗前，望着大海，望着海浪，望着

在浪花中勇敢翻騰的衝浪手⋯⋯

　　爸爸狗緊緊地摟着小仔仔貓，彷彿他一鬆手，小仔仔貓就會跑到月亮上去似的。

第 4 章
一隻肥貓的減肥遭遇

爸爸狗伸出手來，像拔蘿蔔似的，把仔仔貓這個「胖蘿蔔」從車座和方向盤的中間拔了出來。

兩位找上門的警官

　　回到家中，爸爸狗感到有些疲勞，他一連睡了好幾天。仔仔貓呢，依然精力充沛，他不斷地給自己的小玩伴們講述他和爸爸狗的旅遊趣聞。特別是當他講到路遇江洋大盜獨眼狼和瘸腿狐狸，以及後來又如何抓住了這兩個可惡強盜的故事時，更令伙伴們為之咋舌。

　　仔仔貓用一個吉祥物救下小兔子、教訓了斑條虎的舉動，也使伙伴們驚歎不已，他成了大夥敬佩的偶像。

　　就在他們回家後的第三天，爸爸狗和仔仔貓駕駛着那輛藍色的豪華轎車，來到沙皮狗先生的家裏。在爸爸狗歸還了藍色轎車和車鑰匙後，仔仔貓捧上了一大包鈔票，他們把鈔票放在沙皮狗先生面前説：「看，這就是你姑媽給你的那筆遺產，現在是完璧歸趙了！」

　　「什麼完璧歸趙？」沙皮狗先生有點摸不着頭腦，「我的那筆巨款不是讓獨眼狼和瘸腿狐狸給洗劫了嗎？」

　　「不，它並沒有被洗劫！」爸爸狗笑着説。

「沙皮狗大伯，你把巨款藏得太巧妙了，強盜們沒有發現它，是我把它找了出來。」仔仔貓遞過去這包巨款説，「它被你藏在了車子的座椅套子下，你一定忘記了這件事。」

「你這一説，我想起來了。」沙皮狗先生撫摸着巨款，有點像做夢似地説，「這麼説，那兩個大壞蛋沒能搶走我姑媽給我留下的這筆遺產？」

「是的。」爸爸狗和仔仔貓一起説，「你把它藏得太好了，強盜們沒能搶走它。」

「天哪！」沙皮狗先生看着這筆巨款，他還是有點不相信眼前的事實，「你們一路上，沒遇上什麼麻煩事嗎？」

「怎麼沒遇上！」仔仔貓把他們一路上的種種遭遇，都告訴了沙皮狗大伯。

沙皮狗先生使勁拍拍仔仔貓。

「你真是個棒小伙子。」沙皮狗先生說，「爸爸狗，你應該為你的兒子仔仔貓感到自豪。」

「是的，我為他自豪。」

沙皮狗先生打開了包錢的一層層紙，一大堆花花綠綠的鈔票呈現在他眼前。

「沙皮狗先生，請你點一點數目對不對，我和仔仔貓也該回去了。」

「不用點。」沙皮狗說，「我一看就知道，這錢根本沒人動過。你們在那麼困難的情況下都沒有動用這些錢，真讓我感動。」

「這沒什麼，原本就不是我們的錢，我們怎麼能動呢。我們該走了。」爸爸狗拉着仔仔貓說，「沙皮狗先生，再見！謝謝你借給我們那麼棒的車，這次旅行給我們父子倆留下了難忘的記憶。」

「再見，沙皮狗大伯。」仔仔貓也使勁揮着手。

「不，慢着！」沙皮狗先生從那一堆鈔票中抽出厚厚的一沓說，「謝謝你們，這些應該歸你們所有。」

「什麼話！」爸爸狗拽着仔仔貓向門外走去，「你這樣做會讓我們生氣的！」

歸還了汽車，父子倆是走着回家的。

走過食品店時，爸爸狗說：「我知道你很愛吃乾

魚片，這家店有很好吃的乾魚片。」

爸爸狗進店挑了好幾種乾魚片，仔仔貓也沒忘記幫爸爸狗選了果味牛肉乾和辣味牛肉丁。

走出店門，仔仔貓手裏抱着一大包乾魚片和牛肉乾，一股股好聞的味道，差點兒讓仔仔貓流出口水來。

走了一段不長的路，他們到家了。

遠遠望去，爸爸狗家門前站着兩個警察，還有一些看熱鬧的街坊鄰居。

「這是怎麼回事？」爸爸狗有點吃驚。

「會不會我們家被盜了？」仔仔貓也嚇了一大跳，他想起家中還藏着一大筆錢，那是他們幫着警察抓強盜的賞金。

爸爸狗快步向家門口跑去。

「你好，警官先生！」爸爸狗向一位身穿警服的犀牛先生點頭問好。

「你好，爸爸狗先生！」犀牛警官敬了個禮回答。

「我們家被盜了嗎？」

「不。」

「我們有什麼違法的行為嗎？」

「不。」犀牛警官邊上的一個年輕的河馬警官説，「我們只是奉命找你辦理一件事情。」

「什麼事？」爸爸狗急着問。

「我們可以進屋談嗎？」犀牛警官問。

「當然可以。」爸爸狗打開門，「請進，請進！」仔仔貓忙着給兩位警官倒茶。

「謝謝。」犀牛警官一邊説着，一邊從皮包裏掏出個紙包對爸爸狗説，「是你和仔仔貓幫沙皮狗先生找到了他遺失的巨款嗎？」

「是的，我們剛給他送去。」爸爸狗有點奇怪，「是那筆款子數目不對嗎？」

「不。」犀牛警官笑着説，「沙皮狗先生控告你們不願意按規定辦事！」

「什麼規定，除了把錢還給他外還有什麼規定？」爸爸狗有點摸不着頭腦。

「按照我們的法律規定，把錢還給失主，拾得者有權提取遺失金額的五分之一作為報酬。」犀牛警官拍拍放在桌子上的紙包説，「沙皮狗先生讓我們負責來執行政府的這個規定。」

「這個老傢伙發瘋了。」爸爸狗看着兩位警察説，「就為這事他控告我們？還為這事驚動你們兩位跑一趟？」

「是的，是這樣。」兩位警官笑着説。

「我跟沙皮狗先生説過了，我不缺錢花，我們不能要這筆酬金。」

「你缺不缺錢花，這與我們無關。」犀牛警官説，「我們只是根據沙皮狗先生的委託，按照法律規定辦

事，你必須收下這筆酬金，這是你應該得到的。收下吧，爸爸狗先生，請在這兒簽上你的名字。」犀牛警官遞過來一張收據。

這時電話鈴響了。

爸爸狗拿起電話，裏面傳來沙皮狗粗啞的嗓音：

「收下吧，爸爸狗，看在犀牛和河馬兩位警官執行法律的份上。請用這錢給你和小仔仔貓買一份有紀念意義的禮物吧！」

「你這個老傢伙！」

仔仔貓只聽到爸爸狗對着電話話筒吼了一聲……

仔仔貓的賽車夢

　　一大清早，爸爸狗在院子裏喝早茶。

　　他聽到自行車的鈴響，郵遞員小灰兔騎着車進了院子。

　　「有我家的信嗎？」爸爸狗端着茶杯問道。

　　「沒有信，但有報紙和雜誌。」

　　小灰兔給了爸爸狗很厚的一沓報紙，爸爸狗打開一看，是一份《汽車報》。

　　「還有。」小灰兔遞過來一份雜誌。爸爸狗接過來一看，是《汽車族》。

　　小灰兔又遞過來三份雜誌，爸爸狗接過一看，是《車迷》、《賽車信息》和《最新車市》。

　　「我訂過這些報刊嗎？」爸爸狗捧着一大堆報刊問小灰兔。

　　「是仔仔貓訂的！」小灰兔説完飛身上車，一溜煙似的騎出了院子。

　　「爸爸，是我訂的報刊來了嗎？」仔仔貓從裏屋衝了出來。

　　仔仔貓埋頭在一大堆有關汽車的報刊裏，他一面

翻閱着，一面還用筆不斷地圈圈畫畫。

「訂那麼多的汽車刊物幹什麼？」爸爸狗喝了一口茶問道。

「我們不是要買車嗎？」

「是的。那只要去汽車市場挑一輛就行了，何必要看這麼一大堆雜誌呢。」

「我要挑最新、最棒、最酷、最滿意的汽車，這需要做很多調查研究，對汽車做一番全面的了解。」仔仔貓邊翻雜誌邊説。

「你會讓這一輛輛汽車弄花眼的。」

仔仔貓不再説話了，他開始用筆在本子上不斷地記些什麼。爸爸狗也不再説話了，他邊喝茶邊注視着仔仔貓。他前幾天就跟仔仔貓説過，有了捉強盜的賞金，再加上沙皮狗先生送來的酬金，他們可以買一輛非常漂亮的汽車了。沒想到仔仔貓為了這事，訂閱了這麼一大堆報紙和雜誌。

仔仔貓抄完了資料，放下筆，開始讀起汽車雜誌上的介紹：「最新式寶象牌大型轎車，車身為綠色，裝有24缸發動機，最高輸出功率800馬力，車身長6.6米……」仔仔貓注視着那輛大轎車的照片，「天哪，這是一輛大象乘坐的轎車。」

翻過一頁他又讀了起來：「仿古典式豪華轎車，裝有防彈玻璃，車內有寬敞座椅，有冰箱、酒吧、袖

珍電影院，還有衛星通訊設備，售價 520 萬元。」仔仔貓連忙翻了過去，「這是國王坐的車。」

「⋯⋯」

仔仔貓一頁又一頁地翻讀着。

從爸爸狗喝早茶讀起，一直到爸爸狗喝完下午茶，仔仔貓還沒有讀完他的汽車雜誌。

吃過晚飯，仔仔貓又開始讀汽車雜誌，一直到上牀睡覺的時候，他捧着一堆雜誌來到爸爸狗面前，說：「爸爸，我不想買轎車了。」

「你想買什麼？不會是買飛機吧？」爸爸狗開玩笑地說。

「不是飛機，是賽車！」

仔仔貓的回答比買飛機更讓爸爸狗吃驚。

「你為什麼要買賽車？」

仔仔貓翻開《賽車信息》，那裏面登着一張張五顏六色的賽車照片。看着這些照片，爸爸狗的眼前彷彿閃過一輛又一輛疾馳着的賽車，他的頭一下子暈了起來。

「天哪，這太危險了！」

「這有什麼危險的。」仔仔貓搶着說，「我會成為一名出色的賽車手，身穿賽車服，頭戴漂亮的銀盔，油門一踩，車子像離弦之箭⋯⋯我會成為世界聞名的賽車手。爸爸，你會在電視裏看到我在世界各地的比

賽，看到我拿下一個個冠軍的。」

「天哪，這太危險了！」爸爸狗還是重複着這句話，「我在電視裏不知看到過多少賽車手的賽車底兒朝天，我可不願意看到人們衝上前去，把我的仔仔貓從翻倒的賽車裏拖出來，你沒昏倒我會先昏倒的。」

「爸爸你真膽小，這不會是我。」仔仔貓翻動了雜誌的一頁，他指着一輛神氣的賽車説，「我想買這輛賽車，車名叫俊豹，你聽聽這雜誌上是怎麼介紹的——」

不管爸爸狗愛聽不愛聽，仔仔貓讀了起來：「俊豹是爭霸汽車公司生產的最棒的賽車之一，它的外形與眾不同，既簡約緊湊，又別致優美，馬力強勁，威武彪悍。它的車頭線條平滑，弧形車尾在定風翼的襯托下分外瀟灑，如同它的外號——英俊飛豹。」

仔仔貓清了清嗓子繼續説：「駕駛俊豹賽車，第一感覺是操控自如，精巧靈活，大有讓人愛不釋手之感。該車的前後軸距很短，在沙石路面車速超絕，在冰雪路段也有上佳表現，猶如雛鷹展翅，幼鹿撒蹄。駕駛俊豹賽車時，側滑後的回輪非常迅捷，再急的彎道也一閃即過。在多彎路段左晃右閃，前衝後甩，令駕駛者倍感暢快，彷彿在跳輕盈的華爾滋……」

仔仔貓越讀越眉飛色舞，好像他正駕駛着賽車，如脫韁野馬，風馳電掣一般。

「天哪！」看着仔仔貓沉浸在賽車的夢裏，爸爸狗不禁擔心起來，不得不打斷他痴醉的夢，「你還要和賽車一起跳輕盈的華爾滋？」

「你不會把我也拖上賽車吧？」爸爸狗感覺就像不久前還沒克服恐高症時，被人拖上 100 層高樓往下看一樣。

「帶着老爸一起上賽車？這我倒沒想過。」

仔仔貓合上雜誌，呆呆地望着爸爸狗。

「早點睡覺。」爸爸狗説，「反正我們還有很多時間，慢慢想想吧。」

還是買
「奔飛」牌轎車

　　第二天一清早。

　　爸爸狗坐在院子裏一棵粗大的胡桃樹底下，他的躺椅旁邊擺着一張小桌子，桌子上放着牛奶、香腸、麵包，還有一大沓晨報。

　　昨晚爸爸狗沒睡好，一大清早就起來了。此刻，他已經看完報紙在用早餐。

　　房門「吱」的一聲打開了。

　　睡眼惺忪的仔仔貓穿着睡衣來到爸爸狗的身旁。仔仔貓的胳肢窩裏還夾着一本厚厚的雜誌。爸爸狗掃了一眼那本雜誌，昨天他見過，這是一本《汽車族》。

　　「爸爸，早安！」

　　「早上好，仔仔貓！你昨晚睡得好嗎？」

　　「不好，一晚上都做着夢。」

　　「什麼夢？是賽車夢嗎？」

　　「是的，我夢見我買了一輛最棒的賽車，叫『彩色獵豹』，我參加了賽車比賽，我的『彩色獵豹』像風一樣地奔馳着，超越了所有的選手，正當我離終點還有 50 米的時候……」

　　「怎麼了？」

「我打了一個很猛烈的噴嚏！」

「怎麼樣？」

「車速太快，我的車子一下子偏離了跑道，向邊上衝去！」

「後來呢？」

「邊上是一個懸崖，我和車子一起翻下了懸崖，我呼叫着救命……」

「天哪，這和今天晨報上登的消息一模一樣，太可怕了！」

「怎麼，我的可怕噩夢已經上報紙了？」

「是的。」爸爸狗翻開一張報紙，指着一段標題很大的新聞説，「看，賽車手駕駛高速賽車。從懸崖上翻下，車毀……」

「車毀人亡？」

「不，人未亡。賽車手被幸運地掛在了樹梢上，他折斷了五根肋骨。」

「這不是我。」

「當然不是你，他是前世界賽車冠軍，有拚命貓之稱的叢林山貓。」

「哦，是叢林山貓，我曾在電視裏看過他的賽車表演呢！」

仔仔貓掃了一眼報紙上的大幅照片，照片中他熟悉的那輛賽車正在燃燒，有兩位救護員，正抬着擔架，

擔架上躺着這位舉世聞名的賽車手——叢林山貓。

「不過我比他幸運多了。」仔仔貓舒了一口氣說。

「你怎麼樣？」

「我翻下懸崖，耳邊風聲呼呼，我的心都揪了起來，心想，這下準完蛋了！」

「後來怎麼樣？」爸爸狗擔心地問。

「後來我掉進了你的懷裏，你舉起雙臂抱住了我，我獲救了！」

「謝謝你給了我那麼大的本領，我從來沒有想過，我能接住一個從懸崖上掉下來的人。」

「你做到了，你接住的那個人就是我——那是在夢裏。夢醒了，我被嚇出了一身冷汗。」

「我也被你嚇出了一身冷汗。」爸爸狗心有餘悸地說，「昨晚我也做了一夜的夢，夢見你買了一輛賽車，可是那輛賽車開着開着，突然變成了一隻五彩斑斕的獵豹，他叼起你就跑了，我在後面追啊追啊，怎麼也追不上你……當我從噩夢中驚醒時，我想當時的心跳每分鐘一定超過了 120 次。」

「爸爸，真對不起，我讓你受驚了！」

「幸好，這只是一個夢。我們不必為夢擔心。」

「不，這夢讓我臉紅心跳！」

「為什麼？」

「我太自私了，只想到自己快樂。要是我真的

買了『彩色獵豹』賽車，無論我到哪裏，你都會為我擔心的。再説，當我駕着賽車滿世界跑的時候，你怎麼辦呢？你孤單單地一人生活，而且你出門只能步行。當你再向沙皮狗大伯借車時，他一定會説：『你兒子不是也買了一輛車嗎？』可惜的是，我用我們的錢，買了一輛只供我一個人用的車，這能説我不自私嗎？」

「你想得太多了，孩子。」

「不，當我夢中翻車摔下時，當我夢見你從懸崖下把我接在懷裏時，我就開始想這件事了。今天一清早我就起來，忙着翻閱這本雜誌，翻着翻着我又睡着了。睡夢中我夢見我們倆駕着一輛非常漂亮而實用的轎車，去周遊世界，我們去我們想去的地方……當夢醒時，我就下決心選定這輛『奔飛』牌轎車。爸爸你看行嗎？」

仔仔貓翻開了那本漂亮的《汽車族》，他指着一輛很醒目的轎車讓爸爸狗看。

爸爸狗朝這輛轎車看了許久，還仔細閱讀了文字説明，並看了邊上的一組照片。他終於明白了，這是一輛叫做 XXXW99 型的「奔飛」牌轎車，它有着四副不同的面孔：

它是一輛 2+2 座的雙門轎跑車，它又能成為一輛加長轎車：當它電動車頂天窗的茶色玻璃朝後滑動開

啟時，又變成了一輛雙座敞篷跑車，把它的後備箱的底板朝後滑動 20 厘米，並翻下後端車門時，它又像變戲法似的成了一輛皮卡，也就是小型的載物卡車。

「棒極了！」爸爸狗禁不住稱讚說，「我連做夢也想擁有這樣一輛車子。它既是轎車，又是敞篷跑車，還是實用型的家庭載物小卡車。它既適合你，又適合我，棒極了！」

「那我們就買這輛車吧！」

「仔仔貓，你選擇的這輛車太好了，我們這就去買。」父子倆樂得緊緊地擁抱在一起。

越奔越肥的
仔仔貓

　　自從買了「奔飛」牌轎車後，仔仔貓天天駕駛着這輛車子四處飛奔。

　　有時，仔仔貓和爸爸狗在一起。

　　他送爸爸狗去沙皮狗大伯那兒做客，父子倆一路上又說又笑，在仔仔貓嫻熟的駕駛下，車子跑得又快又穩，再崎嶇的小道也難不住他。爸爸狗望着車外，這些大路和小路他已經走過千百遍了，兩邊有什麼風景和建築物他都能倒背如流了，可是每次坐在仔仔貓駕駛的車裏仍然十分興奮。他左看右瞧，兩邊的景色飛速朝後退去，爸爸狗高興得不得了，他時不時地會拍拍仔仔貓的肩膀說：「仔仔貓，你真棒！」

　　有時，仔仔貓像個採購員。

　　爸爸狗和左鄰右舍要買些什麼，仔仔貓都把它記在小本子上，然後他駕着奔飛車去遠處的一個大賣場採購。小至藥丸、點心、糖果，大至家具、**彩電**①、冰箱，裝滿了他的車子。仔仔貓不僅小心挑選，而且還把買來的東西一樣樣地送到鄰居家中。由於仔仔貓採

---

① 彩電：彩色電視機。

購的貨物價錢便宜、東西新鮮、質量又好，很快他便成了義務採購員。時不時有鄰居打電話給他，請他幫忙買這買那，仔仔貓從不推辭，一次又一次地駕車購物。看着大賣場的貨物一樣一樣地到了他的車斗裏，又看到這些貨物一件一件地到了需要它的人手中，仔仔貓心裏有説不出的快樂。他坐騎的四個輪子轉得更歡了……

最快樂的是他在獨自駕車外出遊玩時，移開車頂上的茶色玻璃，車子就變成了一輛時髦的敞篷跑車。在他的駕駛下，車子飛快地奔馳着，兩邊時而是高樓大廈，時而是綠水青山。路邊的每棵樹都和他打着招呼，天上的白雲和飛鳥都被他甩到身後去了，清涼的風兒吹進敞開的車廂，讓他通體舒暢，這時仔仔貓便會拉開嗓門唱上一支自己編的《奔飛之歌》：

> 有誰比我更快樂，
> 我有可愛的奔飛車。
> 奔飛，
> 奔飛，
> 奔飛，
> 沿着大路和小道，
> 我快樂地奔飛。

由於駕車需要注意力高度集中，不能打瞌睡，司機們都愛嚼口香糖，讓嘴巴不停地咀嚼，提起精神。所以，仔仔貓也染上了嚼東西的嗜好。他不僅愛嚼口香糖，而且還愛吃鮮美的很耐嚼的乾魚片。

慢慢地，仔仔貓出門再也不愛走路了，哪怕是很短的一段路，他也要駕車前往。他一邊旋轉着方向盤，一邊嚼着口香糖或乾魚片，仔仔貓覺得這樣很夠味兒。

因為長時間不運動，再加上吃了那麼多的口香糖和乾魚片，仔仔貓身上的肉長得越來越多，越來越胖。以至有一天，當仔仔貓在公路上高速奔馳的時候，隨着車子的顛簸，他都能感覺到自己身上的肉在一下一下地顫動。

仔仔貓伸手摸了一下自己的身子，肩膀上、手臂上、前胸後背上都是厚厚的一層肉，他意識到自己已經變成一隻肥貓了。

此時，他唱起了自己最愛唱的《奔飛之歌》，歌詞也變了樣，最後一句被改成：

> 奔飛，
>
> 奔飛，
>
> 奔飛，
>
> 沿着大路和小道，

我開始變成一隻肥貓。

仔仔貓的這些變化，爸爸狗也很快覺察到了。

那天，仔仔貓送爸爸狗去沙皮狗先生家玩，車子停在沙皮狗先生的門前，可是仔仔貓卻磨磨蹭蹭地一直下不來車。

爸爸狗以為仔仔貓在找什麼東西，就在車門前等着，等了好一會兒還不見仔仔貓下車。他朝車門裏看了一下，只見仔仔貓的身子讓轎車的方向盤和座位卡住了。爸爸狗伸出手來，像拔蘿蔔似的，把仔仔貓這個「胖蘿蔔」從車座和方向盤的中間拔了出來。

這時，沙皮狗先生從家裏出來看到了這一情景，他對爸爸狗說：「你兒子快成一塊大肥肉了！」這讓仔仔貓很難為情。

從沙皮狗先生家回來後，爸爸狗開始對仔仔貓這塊「大肥肉」採取行動。

爸爸狗為仔仔貓制訂了三條減肥措施，並把它寫下來貼在牆上。

仔仔貓減肥措施
1. 嚴禁吃口香糖和乾魚片。
2. 限制飲食。
3. 加強運動。

可是，這三條措施在仔仔貓身上完全失效了。

雖說爸爸狗收走了仔仔貓身邊所有的口香糖和乾魚片，可是仔仔貓只要一登上奔飛車就會想起這兩樣東西。沒有這兩樣東西，就像汽車沒有了汽油，車輪滾動不起來。所以，每次開車出門，仔仔貓就會鬼使神差地把車子開到商店門口，買上一大包口香糖和乾魚片再去辦其他的事情。

限制飲食更談不上。儘管爸爸狗在家裏把仔仔貓看得很緊，除了正餐以外，不讓他吃一點零食。可是正如俗語所說，越胖的人嘴越饞。仔仔貓變得越來越愛吃零食，而且他也不缺乏零食的來源。每次他駕着車子給鄰居送購買的東西時，大家都會送他一些好吃的。開始，他不要，可時間長了，他也就來者不拒了。

加強運動也同樣落空。仔仔貓總愛待在車上，他除了駕車還是駕車。除此之外，他很少運動。

看着仔仔貓一天天地胖起來，爸爸狗很着急，但想不出更好的辦法，只能去求助減肥藥。爸爸狗為兒子買了一大堆減肥藥和減肥茶之類的東西，逼着仔仔貓吃下去。

仔仔貓吃得很認真，不過這些藥和茶一碰到仔仔貓肚子裏的那一大堆口香糖和乾魚片，還有各種零食，就徹底失效了。

仔仔貓還是在一天天地增肥。

奔飛車飛向何處

　　那天一清早，仔仔貓就接到了鄰居鵝大嬸的電話，原來鵝大嬸的電冰箱已經壞了三天了。眼下正是盛夏，沒有冰箱怎麼行！

　　仔仔貓勸鵝大嬸別着急，他會幫助她從大賣場買回一台最新式的冰箱。就在前幾天，仔仔貓去大賣場幫犀牛先生運新書櫃時，看見那兒有一種最新式的、製冷效果好又省電的「企鵝」牌冰箱。

　　聽了仔仔貓的介紹，鵝大嬸很樂意買一台這樣的新式冰箱。

　　仔仔貓馬上駕車去了大賣場，不多一會兒他就幫鵝大嬸買回了冰箱。為了感謝仔仔貓的幫助，鵝大嬸在安放好新冰箱之後，為仔仔貓烤了 5 大串肉串。剛出爐的香噴噴的烤肉串簡直讓人無法拒絕，仔仔貓沒費多大力氣，就把這 5 大串烤肉全吃光了，末了他還覺得有點意猶未盡呢。

　　等坐上了奔飛車，仔仔貓才真正體會到這 5 大串烤肉的分量，它們使自己的肚子像鼓足了氣的輪胎一樣，費了好大的勁，仔仔貓才把肥大的肚子塞進了轎車裏。

車子開到家門口，爸爸狗正在院裏的胡桃樹下喝早茶，他打開報紙看得很出神。

　　車子開進了院子，「吱」的一聲在胡桃樹旁邊停下了，車門被「啪」的一聲打開，可是過了好久還沒見仔仔貓下車，爸爸狗覺得有點奇怪，他急忙放下報紙站起身往車裏一看——

　　仔仔貓又被卡在車裏了。

　　這次爸爸狗花了九牛二虎之力，才把仔仔貓拖出車門。瞧着仔仔貓圓滾滾的肚子，爸爸狗問：「一大清早，你又吃什麼東西了？」

　　「鵝大嬸送我 5 大串烤肉，我都吃了，那味道實在太鮮美了！」

　　一聽這話，爸爸狗二話沒說，他拉着仔仔貓，打開奔飛車另一邊的車門，又費了很大的力氣把仔仔貓塞進了座位。

　　爸爸狗轉身從樹下小桌上拿起報紙，坐到駕駛座上，一踩油門把車子駛出了院子。

　　車子出了城，向着遠處森林開去。

　　仔仔貓弄不清爸爸狗這是去哪裏。

　　看着爸爸狗臉上一副生氣的模樣，仔仔貓有點後悔，他不該一點兒不聽爸爸狗的勸告，那麼貪吃。

　　爸爸狗一定又在為自己的肥胖操心了。

車子駛進了森林，開在一條窄窄的路上。

「會不會是去醫院？」仔仔貓心想。

他開始擔心起來。

聽說醫院裏有專門的減肥手術。就是把肥胖者的肚子剖開，然後從裏面抽出一層層的脂肪，使其肚子變小一點。

一想到這裏，仔仔貓趕緊捂住自己的肚子，他太害怕剖肚子了。

仔仔貓越發後悔自己剛才吃下的那 5 大串烤肉。

「爸爸，你不會送我去醫院吧？」

爸爸狗不回答。

這時車子到了岔路口，爸爸狗拿起身邊的報紙看了看廣告上的地址，便朝右邊轉彎，車道變得越來越寬敞了。

車道兩邊出現了一些標語牌：

你需要一副健美的身材。

健美的身材，幸福的人生。

肥胖是健康的大敵！

肥胖和高血壓、糖尿病是朋友。

與肥胖作戰靠你自己，也靠我們。

歡迎你來扔掉你的肥肉！

減肥會帶給你一身輕鬆！

……

仔仔貓讀着這些標語，不知道是擔憂還是快樂，心裏酸楚楚的。

　　「爸爸，你不會是送我去醫院，抽掉我身上多餘的脂肪吧？」仔仔貓不由得擔心地問道。

　　「不去醫院，」爸爸狗總算開口説話了，「那是愚蠢的做法。」

　　「那我們是去哪裏呢？」

　　「到了前面你就知道了！」

　　前面出現了一片木頭房子，木頭房子前有個門樓，門樓上有幾個大字看不太清楚。隨着距離的縮短，那幾個大字越來越清楚了：

胖子減肥營地

　　原來，爸爸狗從今天的晨報上讀到了有關「胖子減肥營地」的介紹。文章説營地用一種最新奇、最有效的辦法給胖子減肥，在自己家中無法實現的減肥計劃，在那裏都能實現。雖説胖子們在營地會吃些苦頭，但換來的成功和快樂是無法言喻的。

　　爸爸狗對文章中説的「雖説胖子們在營地會吃些

苦頭」猜測了好久，他不知這些苦頭是指什麼，所以他拿不定主意是否要把在家減肥失敗的仔仔貓送進這個營地。

但是，仔仔貓早上吃下的 5 大串烤肉讓爸爸狗痛下決心。除了採取強制減肥、讓仔仔貓吃點苦頭外，再無其他辦法了。

於是，爸爸狗毅然決定——把仔仔貓送進強制減肥營地。

爸爸狗把車子停在減肥營地的院子裏，從木屋裏走出一位身材魁梧的犀牛先生。

望着走出車門的爸爸狗，犀牛先生自我介紹說他是減肥營地的教官，他代表減肥營地的主任斑馬先生歡迎光臨的尊貴客人。

犀牛教官致完了歡迎詞，把爸爸狗從頭到腳看了三遍，說：「來減肥營地減肥的不會是你吧？」

「不是我，」爸爸狗打開另一邊的車門說，「是我的兒子仔仔貓。」

這時，從打開的車門裏伸出一隻手，爸爸狗上前拉着這隻手，他回過頭來對犀牛教官說：「教官先生，請幫一下忙。」

教官上前幫忙拉着這隻手，他和爸爸狗一起使勁，用力從車子裏拉出了仔仔貓。

「好一隻肥貓！」犀牛教官吃驚地說。

減肥營地見聞

　　犀牛教官領着爸爸狗和仔仔貓來到一間漂亮的小木屋前，犀牛教官敲了敲門。

　　「請進！」屋內傳來低沉的聲音。

　　犀牛教官帶着兩位客人推門走了進去。

　　「你們好，尊貴的客人！」一位身材健壯的斑馬先生從寫字桌前站了起來，他從桌上拿起一張名片，遞給了爸爸狗。

　　爸爸狗接過名片，只見上面印着：

斑馬

減肥營地董事長兼主任

增肥營地副董事長兼副主任

地址：森林右二道 99 號

「哦，這裏還有個增肥營地？」爸爸狗驚奇地問。

「對，增肥營地在森林左二道，那是我和河馬先生合辦的另一個營地，是專門對付那些不好好吃飯、十分挑食、營養不良、瘦骨嶙峋的小傢伙們的，要讓他們個個有胃口，身上多長一些肉……」

「真了不起。」爸爸狗讚歎道。

「謝謝你的誇獎，這是我們的責任。」斑馬先生看了一眼仔仔貓説，「這位貓先生是來參加減肥營地的嗎？你的身材確實胖了一點兒。」

「不是一點兒，而是許多。」爸爸狗看着仔仔貓不滿地説。

「不必擔心。」斑馬先生説，「請把他交給我們。你是這位貓先生的什麼人？」

「我是他的爸爸狗，我太為他擔心了。」

「請放心。過三個星期再來領他，我們會留下他身上多餘的肉，還你一個健壯可愛的兒子。」

「謝謝你斑馬先生，這太讓我高興了！」

「我也很願意去掉我的這些脂肪，只是請不要用剖腹的辦法。」一直沒開口的仔仔貓説話了。

「不。我們絕不會用這種粗暴而痛苦的辦法，我們的做法很科學。」斑馬先生從桌上拿起一份文件遞給爸爸狗和仔仔貓説，「相信我們，請在這份合同上簽字吧！」

爸爸狗和仔仔貓接過合同一看，合同裏寫着入營者係自願要求入營，願意接受營地的一切安排，遵守營地紀律，自覺配合營地的減肥訓練，不得反悔。營地保證給入營者一個滿意的身材。下面是入營者和親屬的簽名。

爸爸狗讀完合同文本，抬頭問斑馬先生：「我能參觀一下營地再簽字嗎？」

「不，你必須先簽字，同意你的孩子入營，然後我們才歡迎你參觀營地。」斑馬先生說，「這是一個培養堅強毅力和強健體魄的地方，我想你的孩子——這位可愛的小貓，會喜歡這裏的！」

爸爸狗轉過臉來看看仔仔貓。

仔仔貓說：「爸爸，請簽字吧，我喜歡這裏，我需要堅強的毅力和強健的體魄。」

「好，我簽字。」爸爸狗想了一下，低頭在合同上簽下了自己的名字，並把合同交給了仔仔貓。仔仔貓也在合同上簽完字，雙手把合同遞給了斑馬先生。

斑馬先生看了一眼爸爸狗和仔仔貓的簽名，然後用低沉的聲音命令身邊的犀牛教官說：「教官先生，請把這位小營員送到預備營去，讓他洗澡換衣，開始適應我們營地的生活。」

「是，主任先生！」教官行了個禮，要帶走仔仔貓。

「慢！」爸爸狗説，「斑馬先生，我們不是還要參觀營地嗎？」

「不。」斑馬説，「去參觀營地的是你，而不是這隻小貓。他將在這個營地生活整整三個星期，是用不着參觀的。」

犀牛教官對仔仔貓説了聲：「請吧！」

仔仔貓乖乖地跟隨犀牛教官走了。不過，他每走幾步就回頭看一下爸爸狗。

爸爸狗有點傷感起來，他説：「放心吧，孩子，我會經常來看你的！」

他目送着仔仔貓遠去了。

「爸爸狗先生，請吧！」斑馬先生對還呆呆地站着的爸爸狗做了一個請的手勢。

爸爸狗開始參觀減肥營地了。

他隨斑馬先生走出漂亮的小木屋，穿過一片小樹叢，前面出現了一排小房子。

一間小木屋門前掛着塊木牌，上面寫着：

飲食習慣改變室

「這是什麼意思？」爸爸狗指着木牌問。

「一個人的發胖，往往是由他的飲食習慣不當引起的，一般胖子都喜歡吃大魚大肉和油炸食品，還吃各種零食。」斑馬先生指着這木牌上的字一個個唸下來，「飲—食—習—慣—改—變—室，胖子們來到這裏，首先要做的就是改變他們的飲食習慣。」

「怎麼改法？」

「很簡單，我們採用『代替療法』，也就是用青菜、蘿蔔代替牛肉、豬肉；用土豆、豆角代替魚和蝦；用水煮食品代替油炸食品……」

「天哪，這代替得了嗎？」

「完全代替得了，它們的口味不錯，還有營養，但脂肪很少。」

「你們不會把我的仔仔貓變成一隻兔子或山羊吧？」爸爸狗擔心地看着斑馬先生。

「放心吧，他會變成一隻有良好飲食習慣的貓。」

「難道你們就不讓減肥者吃一點兒肉或魚之類的東西嗎？」

「會有的。」斑馬先生笑着說，「不過，我們的營員習慣把魚叫做『黃金』，把肉類叫做『鑽石』。」

「為什麼？」

「因為在很多青菜、蘿蔔中間才會有一點兒魚，它們像黃金一樣珍貴；肉呢，則更少。因為肉類是高

脂肪食品，它們在這裏的食品中，像鑽石一樣稀少。」

「我的仔仔貓會變成一個礦工，在這素菜的礦石中，辛苦地挖掘少得可憐的『黃金』和『鑽石』。」爸爸狗搖頭歎息道。

他們又來到另一間屋子前，這裏的木牌上醒目地寫着：

斑馬先生指着木牌説：「完成食物從葷向素的轉變只是一個質的變化，我們同時還必須對營員的食物量進行控制，限制他們對熱量的攝入。」

「可憐。」爸爸狗説，「你們説得很動聽，其實是讓他們挨餓，不讓他們吃飽。」

「挨餓，這太難聽了，我們實行的是飢餓療法，不攝入更多的熱量，這對減肥絕對有好處。」

「你們不會過分吧？如果你們把肥胖者餓成一片影子，那就什麼熱量也不用攝入了。」

「不，不，這不可能，只是讓他們飢餓一點，他們會習慣的。這決不會過分。」

接下來參觀的是一個大廳，大廳門前的牌子更讓爸爸狗納悶，上面寫着：

爸爸狗指着木牌問：「這是指用舞蹈來驅趕睡意的嗎？」

「你説得不錯。」斑馬先生説，「胖子都愛睡覺，過度的睡眠也是人們發胖的原因之一。我們這裏規定，睡眠超過 7 個小時，就必須到這裏跳兩個小時的迪斯科，用激烈的舞蹈來驅散睡意，讓營員們不至於因貪睡而發胖。」

「這一招也夠厲害的。」爸爸狗説，「仔仔貓每天非睡 10 個小時不可，這下他可得用跳舞來驅趕自己的睡意了！」

「是的。」斑馬先生很有信心地説，「他一定會改掉貪睡的壞習慣的！」

正在斑馬先生準備帶領爸爸狗去參觀下一個地方的時候，犀牛教官趕來了。犀牛教官向斑馬先生報告説：「又有一位先生帶他的女兒來營地報名了。」

「我知道了。」斑馬先生轉身對爸爸狗說，「下面只好請你自己參觀了。我和犀牛教官必須去接待客人。」

　　「好吧。」爸爸狗說，「我會自己參觀的。」

　　穿過一排排木屋。

　　前面是一片空曠的場地。場地上豎立着一塊牌子，上面寫着：

請向運動要健美

　　場地上有一羣胖孩子。

　　有兩隻小胖鵝在練習跑步；四隻胖兔子在不停地搬磚頭——兩隻胖兔子把磚頭搬到 200 米遠的地方，再由另兩隻胖兔子把磚頭搬回來，如此不斷地忙碌着。

　　這羣小胖子看見爸爸狗走過來，都急忙跑來，圍住爸爸狗說：「先生，行行好，請給點吃的吧，蛋糕、餅乾、巧克力都行……」

　　兩隻胖鵝還可憐兮兮地說：「哪怕是一塊乾魚片和小麵包乾……可憐可憐我們吧，我們餓壞了！」

爸爸狗翻遍口袋，除了兩小包口香糖外什麼都沒有。他把口香糖分給每個小胖子一塊，小胖子們有點失望，但他們還是把口香糖塞進嘴裏使勁地嚼着，像嚼着什麼美味似的。

　　爸爸狗自言自語地説：「真像一羣可憐的小乞丐。我現在明白了，斑馬先生為什麼要我先簽字再參觀營地⋯⋯可憐的小仔仔貓！」

爸爸狗養不起
40 個小胖子

爸爸狗回到家中心神總是不安。

他茶飯不思，彷彿減肥的不是仔仔貓而是爸爸狗自己。

爸爸狗為自己做了一份醬汁排骨，這是他平時最愛吃的佳餚。他端着這份美味走進餐廳，不知怎麼的，他忽然覺得自己進入的是減肥營地的「飲食習慣改變室」。爸爸狗想像着可憐的仔仔貓，正從那一大堆炒青菜中，努力尋找着「黃金」和「鑽石」——那一丁點兒魚和肉。於是，他桌上的這份醬汁排骨，也就變成了水煮蘿蔔，讓他怎麼也吃不出味道來。

爸爸狗推開了眼前的醬汁排骨，他寧肯和仔仔貓一起挨餓。

午後，爸爸狗有點累了，他想閉上眼睛休息一會兒，可是他眼前出現的是那幾個在場地上跑步和搬磚頭的小胖鵝和小胖兔子們。

他們蜂擁而上，圍着爸爸狗說：「先生，行行好，請給點吃的吧……」

後來這些小東西又變成了一羣仔仔貓，圍着爸爸

狗說：

「給我一點兒乾魚片！」

「給我一點兒巧克力！」

「給我一個魚香漢堡包！」

「給我一盒口香糖！」

「……」

爸爸狗怎麼也睡不着了。

他想，我的仔仔貓，也許會像這些「小乞丐」們一樣，圍着來營地參觀的人們乞討吃的東西。

「這可太不像話了。」爸爸狗捶打着自己的腦袋說，「我怎麼會把仔仔貓送到那個倒霉的地方去呢！」

爸爸狗整天神情恍惚。

第三天早上，這是一個晴朗的星期日清晨。

此刻，按照慣例，這正是仔仔貓睡懶覺的時候，爸爸狗會聽見從仔仔貓的臥室裏，傳出陣陣打呼嚕的聲音。可是現在家中一片寂靜。

爸爸狗心想，仔仔貓在減肥營地是沒有懶覺可睡的，這時候他一定在跳着痛苦的「驅趕睡眠之舞」，來趕走瞌睡蟲。

「不行，已經整整三天了，我必須去看看仔仔貓，如果他減肥減得差不多了，我得領他回家。」爸爸狗自言自語地說，「減肥營地的那套把戲我都看明白了，

我可以在家裏幫他減肥。」

「不過……」爸爸狗想了一下說，「我不會像他們那樣狠心。」

爸爸狗決定去看望仔仔貓，而且馬上要去。

在開往減肥營地的途中，爸爸狗突然把車開到一家超市的門口停下了。他推着購物車，在超市裏瘋狂搶購。

——他買了 100 包乾魚片，

——他買了 20 聽鳳尾魚罐頭，

——他買了 10 盒巧克力，

——他買了一大堆餅乾、蛋糕、酥餅，

——他還買了口香糖、花生、核桃仁……

超市的售貨員——一位很有風度的白鶴小姐顯得有點吃驚，她問爸爸狗：「你家有多少孩子？你不會是去擺小攤吧！」

爸爸狗笑了：「我不會去擺小攤的，我家的孩子很多很多。」

「有多少？」白鶴小姐問。

「我也鬧不清楚，反正很多！」

一頭霧水的白鶴小姐，幫爸爸狗把東西搬上汽車的後座，她甜甜地笑着說：「歡迎你下次光臨。」

「謝謝。」爸爸狗在關上車門時說，「下次我會告訴你我究竟有多少孩子的，再見！」

　　車子飛快地離開了超市，爸爸狗的心一直牽掛着仔仔貓和營地裏的那些伸手乞討的小傢伙們。

　　奔飛車停在了減肥營地的院子裏。

　　犀牛教官看見爸爸狗走下車來，他高興地説：「歡迎，歡迎，爸爸狗先生。你的孩子仔仔貓好極了，他只是有點想你。」

　　「我也很想念他，我想馬上見到他。」爸爸狗關上車門説。

　　「行，你去會客室等着吧，我去找他。」

　　當犀牛教官陪着仔仔貓走進會客室時，他被眼前的一大堆零食嚇壞了。

　　犀牛教官像看見定時炸彈一樣跳了起來：「把這些東西都拿走，一件也不許留下！」這時，斑馬先生也聞聲趕來了。

「馬上把這些零食拿走，我們這裏嚴禁一切零食流入。」斑馬先生用他低沉的聲音命令道。

站在犀牛教官身邊的仔仔貓，一見這些零食，眼睛像通上電一樣，頓時亮了起來，他馬上想伸手去取一包乾魚片。

斑馬先生橫立在仔仔貓和這一大堆零食中間，他對爸爸狗說：「你完全違反了我們這裏的規定，你會讓他的減肥治療前功盡棄的。」

「來這裏減肥的孩子太可憐了，你們做得有點兒過分，我只想給每個孩子一點小小的零食，我不會給他們很多的，包括我的仔仔貓在內，只給他們一小部分，你們太虐待他們了。」

「什麼話！」斑馬先生跳了起來，「我們虐待他們？難道你不是在合同上簽了字自願送仔仔貓來這裏的嗎？難道你不想讓你肥胖的孩子變得身材健美嗎？難道……」

「斑馬先生息怒，我是自願送他到這裏來的。可是我不知道你們這裏是用這樣粗暴的辦法來減肥的，這同剖開他們的肚子取走裏面的脂肪沒多大區別，難道你們就不能用溫和一點的辦法嗎？」

「正是用溫和的辦法，你們才把這些孩子養得這麼肥胖的，是你們害了他們。爸爸狗先生，你要是把這些零食送進營地，我就把營地的 40 個小胖子一起

送到你家裏，我倒要看看你這位先生是用溫和的辦法讓他們減肥呢，還是讓他們變得越來越肥胖！」

「好的，主任先生。」站在一邊的犀牛教官插話說，「我這就去集合 40 個小胖子，讓他們跟爸爸狗先生回家去，包括減肥已初見成效的仔仔貓。就讓爸爸狗先生用這些零食為這些小胖子們減肥吧！」

「請兩位息怒。」看着仔仔貓的模樣是有點變瘦了，爸爸狗說，「我養不起 40 個小胖子，我也沒有辦法為他們減肥，因為我下不了你們這樣的狠心。」

「這能叫狠心嗎？」犀牛教官說，「我們是通過一定的強制手段，改變他們不健康的生活方式，是在逐步樹立他們的信心和培養他們的毅力。小仔仔貓，你說是不是這樣？」

看着犀牛教官那威嚴的樣子，仔仔貓連忙點頭說：「是，是這樣的！」

斑馬先生撫摸着仔仔貓的腦袋說：「道理很簡單，爸爸狗先生。你以前是為仔仔貓做加法，不讓他有足夠的體力活動，而且不斷地提供給他乾魚片、巧克力、口香糖和各種高熱量的食品，讓過剩的營養在他的體內逐漸積累，把他養成了一個小胖子。而我們今天是為他做減法，要用強制的手段，用改變飲食習慣的辦法，慢慢減去他們身上多餘的脂肪。做減法要比做加法困難得多，痛苦得多，這難道你一點兒也不理解嗎？」

「我理解，我很理解。」爸爸狗覺得自己有點理虧，「我只是覺得他們太可憐了。你們不知道，上次我來這裏時，運動場地上那幾個可憐的孩子向我要東西吃，那模樣就跟一羣小乞丐一樣，我不能不感到痛苦……」

「痛苦？」斑馬先生氣憤地說，「等你發覺自己的孩子有了正確的生活習慣，由一個小胖子變成一個健壯的孩子時，你就不是痛苦而是高興了。」

「謝謝你們的幫助。」爸爸狗說，「你讓我明白了一些道理。我會把這些零食帶回家的，我寧可把自己吃成個大胖子，也不影響你們為這些孩子減肥，不過臨走前我想提一個小小的要求。」

「什麼要求？」斑馬先生問。

「我想為我的仔仔貓留下一包乾魚片，只一小包，因為他太愛吃乾魚片了。」

「不行！」犀牛教官和斑馬先生一起叫了起來，「這裏是不允許破壞制度的！」

瞧着爸爸狗有點尷尬的樣子，斑馬先生口氣溫和了一些。他說：「請相信你的仔仔貓，他會培養起自覺減肥習慣的。這裏是減肥營地，絕對不允許哪怕是一小塊乾魚片、一粒花生仁進入營地，誰也不能破壞這個規矩。這裏不是增肥營地，如果你的孩子在增肥營地的話，我們會同意你為孩子送他喜愛的食品

的⋯⋯」

「哦，我想起來了，你們還有個增肥營地，你這些話為什麼不能在一開始的時候就説呢？」

「你説這話是什麼意思？」斑馬先生有點摸不着頭腦。

「來吧，我有個想法。」爸爸狗拖着斑馬先生到隔壁房間去了。

就在這時，犀牛教官迅速從零食堆裏拿了一小包乾魚片，塞進了仔仔貓的口袋裏，他用手指在嘴邊做了個別出聲的動作。

胖伙伴和
瘦伙伴們的友誼

　　一大清早，減肥營地鑼鼓喧天，彩旗飛舞。減肥營地的 40 個小胖子，在斑馬先生和犀牛教官的率領下，列成兩隊在門口歡迎增肥營地的朋友們。

　　爸爸狗也前前後後地忙碌着。因為把兩個營地的小朋友合在一起的主意，是他向斑馬先生提出的。

　　「這真是個好主意！」斑馬先生一直稱道。

　　遠處，增肥營地的伙伴們來了。

　　減肥營地的伙伴們一邊鼓掌，一邊高喊着：「歡迎，歡迎！」

　　等走近一看，增肥營地的伙伴們，一個個瘦骨嶙峋，就像一根根細木棍，他們的臉都瘦尖尖的，眼睛好大好大。

　　這裏面有小猴、小兔、小狐狸、小狗、小山羊、小花鹿，還有一隻特別瘦弱的小黑熊。

　　減肥營地的伙伴們，看見這羣瘦瘦的伙伴不禁驚呼起來：「好可憐的小瘦子！」

　　那羣小瘦子呢，抬頭一看，門口兩邊站着的都是些肥肥胖胖的伙伴，也不禁驚呼道：「好有趣的大胖子啊！」

小瘦子和大胖子們很快成了好朋友。

在「飲食習慣改變室」裏，小瘦子們集合在一起，爸爸狗對他們說：「小瘦子們，剛才你們見到了那些小胖子，他們的身材挺胖、挺可笑的是吧？他們是來減肥的，你們可要幫幫他們呀！」

「我們願意幫助他們！」一隻瘦瘦的小猴站起來說。

「謝謝你。」爸爸狗示意他坐下。

「可是我們怎麼來幫他們呢？」一隻小瘦狐狸又站起來問。

「謝謝你們，看來你們都有一顆真誠的愛心。」爸爸狗示意小瘦狐狸坐下，他接着說，「我們這間房間叫『飲食習慣改變室』，我們要幫這些小胖子們改變飲食習慣，我們要讓他們少吃魚、肉和其他高脂肪的食物，讓他們多吃青菜、蘿蔔。」

「我知道了。」那隻特別瘦弱的小黑熊說，「每次吃飯的時候，我們把魚和肉都搶着吃掉，光叫他們吃蘿蔔、青菜是嗎？」

「不，我討厭吃肉，我喜歡吃蘿蔔！」一隻瘦兔子站起來說。

「我討厭吃魚，魚骨頭會卡喉嚨的！」那隻瘦狐狸說。

「我就愛吃西瓜，其他什麼都不愛吃。」一隻瘦瘦的小刺蝟説。

「為了幫助這些胖伙伴們，我們什麼都得吃，特別要幫他們把魚和肉吃掉。讓他們吃蘿蔔、青菜，我們還要把愛吃的蘋果和梨省下來給他們吃，吃水果有助減肥……」那隻瘦瘦的小猴看着大夥説。

「小猴説得對，他真有愛心，你們要像他一樣，真誠地幫助這些胖伙伴們。你們都願意嗎？」爸爸狗撫摸着小猴瘦瘦的肩膀説。

「我們都願意！」大夥一起叫了起來。

在「限制熱量攝入室」裏，斑馬先生正在問營地裏的小胖子們：「你們歡迎這些小瘦子來營地嗎？」

「歡迎！」一隻胖鵝帶頭高呼着，其他胖伙伴也七嘴八舌地呼應着。

「但是，他們瘦得挺可憐是不是？」

「是。」一隻胖河馬説，「比起我們，他們瘦得太可憐了。」

「我們希望他們能胖起來。」一隻胖兔子説。

「是的。」斑馬先生説，「你們都很有愛心和同情心，你們希望他們能胖一點，這樣才健美，身體才有抵抗力。」

「怎樣才能讓他們胖一點呢？」一隻平時跑不

快、蹦不動的小胖松鼠問。

「當然是讓他們多吃一點兒，胃口大一點兒！我們不就是這樣胖起來的嗎？」胖河馬和胖兔子一起回答說。

「你們應該讓他們多吃一點兒。」斑馬先生說，「可是這些小瘦子們胃口都很小，吃東西又挑食，吸收的熱量和營養就很差了。」

「我們把最好的東西省給他們吃，給他們吃魚、吃肉、吃巧克力，讓他們吸收更多的熱量和營養，讓他們多長肉。」幾個胖子七嘴八舌地說。

「同意。我還要省下我最愛吃的核桃仁給他們吃，讓我們身上多餘的肉長到他們身上去！」那隻胖松鼠調皮地說。

「好，我同意大家的提議。」斑馬先生指着屋子角落裏放着的一大包東西說，「這包零食中有乾魚片、魚罐頭、蛋糕、核桃仁等，這原來是爸爸狗先生帶來給你們吃的零食，我覺得這不合適，你們說應該怎麼辦？」

「送給那些小瘦子們吃，讓他們多加營養！」仔仔貓帶頭站起來說。

「我同意，雖然裏面有我最饞的核桃仁，可是我還是同意把它送給瘦伙伴們。」胖松鼠說。

「我們同意！」大家一起歡呼起來。

小胖子們推舉仔仔貓和小胖河馬作為代表，把零食給小瘦子們送去。

他們來到「飲食習慣改變室」，把一大包零食送到小瘦子伙伴們的手裏。仔仔貓説：「瘦伙伴們，請替我們把這些東西消滅掉，祝你們有個好身體！」

瞧着瘦伙伴們大口嚼着這些零食，仔仔貓突然想起了什麼，他從口袋裏掏出那包犀牛教官給他的乾魚片，説：「我這兒還藏着一包。」他把乾魚片給了小瘦熊，小瘦熊説：「謝謝你！」

仔仔貓這一舉動也感動了其他的胖伙伴，他們從口袋裏、宿舍裏找出悄悄藏着的各種零食，都送給了瘦伙伴們。

瘦伙伴們下定決心，要為他們的胖伙伴把這些高熱量的零食都吃光。

胖伙伴和瘦伙伴們成了真正的朋友，每次吃飯的時候，瘦伙伴們都敞開肚皮，把魚、肉和高熱量的食品吃個乾淨，努力幫胖伙伴們減肥。胖伙伴們呢，每當從青菜、蘿蔔裏找到了「黃金」和「鑽石」，也都把它們塞進瘦伙伴們的嘴裏。

沒過多久，這些小瘦子們，個個都有一個什麼都吃的好胃口了。

仔仔貓和他的胖伙伴們，天天盯着這些瘦伙伴

看，希望他們像吹泡泡似的，一下子胖起來。

他們還一起在空曠的場地上跑步、搬磚頭、做各種遊戲，他們向運動要健美。

小胖子們去掉了多餘的脂肪。

小瘦子們練出了渾身的肌肉。

在營地結業式的那一天，場地上變得十分熱鬧。那些小胖子、小瘦子的爸爸媽媽們都來了，他們簡直認不出自己的孩子了。這些孩子一個個變得又黑又結實，分不出誰是小胖子和小瘦子了。

那隻瘦熊的爸爸媽媽，瞧着眼前站着的這隻粗粗壯壯的小黑熊簡直不敢相認，他們一連問了三次：「你真是我們的孩子——瘦小熊嗎？」

這隻原先的瘦小熊回答爸爸媽媽說：「你們要是再問第四次，我就不跟你們回去了，我要跟爸爸狗先生回家，因為我和仔仔貓已經成了好朋友。」

聽了小熊的話，熊爸爸和熊媽媽笑得嘴巴都合不攏了。

結業儀式上，斑馬先生宣布，從今天起他們的營地再也不叫「減肥營地」和「增肥營地」了，而是合在一起叫「健美者營地」。斑馬先生還代表全體營員、家長和營地謝謝爸爸狗先生。他說：「爸爸狗先生是一個有愛心的爸爸，是一個了不起的心理學家和教育家，他想出了一個非常非常棒的主意！」

健美者營地

全場報以最熱烈的掌聲。

在結業照片上，笑得最開心的就數爸爸狗和他那身材健美的仔仔貓了。

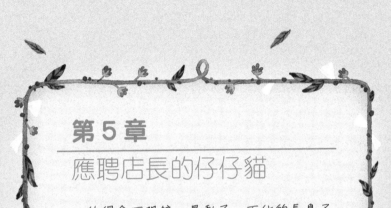

第 5 章

應聘店長的仔仔貓

　　彼得拿下眼鏡，晃動了一下他的長鼻子說：「這是什麼意思，你上班的第一天就要停止營業？」

8月8日──
爸爸狗的生日

　　炎熱的夏天到了。爸爸狗和仔仔貓坐在門前的那棵胡桃樹下乘涼。今年的夏天來得特別早，而且特別熱。仔仔貓坐在樹下一個勁兒地扇扇子，還是熱得渾身難受。他多麼希望能吹來一陣涼風，趕走這令人煩躁的暑熱。

　　可是爸爸狗顯得很冷靜。他坐在樹下的一張木躺椅上，閉目養神，彷彿這炎熱的天氣，並沒有給他帶來什麼不愉快。

　　爸爸狗怎麼不怕熱呢？仔仔貓看着爸爸狗神閒氣定的模樣，他手中扇扇子的動作不由慢了下來。他想，別人都說狗是最怕熱的，狗遇到特別熱的天氣，便會張開嘴把舌頭伸在外面，散發身上的熱氣，可是自己怎麼一次也沒看見爸爸狗露出過這種狼狽的模樣呢？

　　「爸爸，你不怕熱嗎？」仔仔貓忍不住問閉目養神的爸爸狗。

　　「我為什麼要怕熱？熱有什麼可怕的？」爸爸狗睜開眼睛，驚奇地望着仔仔貓。

　　「你真了不起，我怕熱。」仔仔貓使勁扇着扇子說，「我特別怕熱，怕沒有風的熱天。」

爸爸狗又閉上了眼睛説：「熱沒什麼可怕的。」

過了一會兒，仔仔貓又忍不住問：「爸爸，能説説你為什麼不怕熱嗎？在夏天，人人都怕熱的。」

「不是人人，是你特別怕熱。」爸爸狗説，「我不怕熱的訣竅有三個，説出來也許對你有幫助。」

「爸爸你説吧，我聽着。」仔仔貓連手中的扇子也不搖了。

「第一，你要相信人們常説的那句話——心靜自然涼。你要讓自己的心靜下來，不要老想熱、熱、熱，這樣自然會感到涼快些。」

仔仔貓對爸爸狗的第一個訣竅顯然不感興趣，在這樣的大熱天，他根本無法使自己的心靜下來。再説，心靜下來就真的能感到涼快嗎？他表示懷疑。「那麼，你的第二個訣竅呢？」

「第二個訣竅嘛，」爸爸狗想了一下説，「我有個不怕熱、專門給我帶來涼意的朋友，有他相伴，我怎麼還會怕熱呢？」

仔仔貓抬頭四下看了看，並沒有誰陪伴着爸爸狗，他驚奇地問道：「這個朋友不會是我吧？」

「哈哈，怎麼會是你呢？你在我身邊不住地喊熱，不住地扇扇子，只會給我帶來煩躁和炎熱。」

仔仔貓不好意思地笑着問：「那他是誰呢？」

爸爸狗深情地抬頭望着頭頂上胡桃樹的濃密枝

葉，說：「是它，是我的好朋友胡桃樹。胡桃樹用茂密的枝葉為我遮擋陽光，為我送來濃蔭，還為我送來鳥的歌唱和習習的涼風。胡桃樹為我驅趕了暑氣，我為什麼還要怕熱呢？」

這次仔仔貓不再言語了，他也隨着爸爸狗的目光，注視着頭頂上的胡桃樹。大樹像巨人一般站立在炎熱的陽光下，它頭頂烈日的曝曬，投下來的卻是一片濃蔭。

爸爸狗和仔仔貓都在這片濃蔭的庇護下。

仔仔貓的心一下子靜了下來，他感受到大樹送來的陰涼，他也看到了許多有着花翅膀的小鳥，在葉叢中蹦跳歌唱，歌聲減少了炎熱的煩躁；他還看到樹上無數的葉片，像綠色的小巴掌一樣，在不斷地扇動着，仔仔貓感覺到了這縷縷涼風的存在⋯⋯

仔仔貓閉上眼睛享受着這一切，他喃喃自語地說：「大樹真好⋯⋯」

過了一會兒，仔仔貓才說：「爸爸，你還有第三個訣竅沒說呢！」

「是啊。」爸爸狗說，「第三個訣竅最簡單。因為我時常想，我是出生在夏天的，一個挑選在夏季降生的狗，難道還會怕夏天的炎熱嗎？」

「爸爸，你是降生在夏天的？」

「沒錯！」

「哪一天是你的生日？」

「8月8日。」

「8月8日！」

「是的，我出生的那一天，我的爸爸特別高興，認為這是他收到的最珍貴和最可愛的禮物。」爸爸狗一下子陷入了沉思，他自言自語地説：「我的爸爸真是一位讓人難以忘懷的好爸爸……」

「爸爸，你的生日快到了，我會給你準備一件讓你難忘的生日禮物。」仔仔貓望着爸爸狗説。

「不用了，你就是老天給我的一件最好的禮物，我們在一起不是很愉快嗎？」

仔仔貓的心中不禁生出一種熱乎乎的感覺。

他對自己那麼晚才知道爸爸狗的生日感到羞愧，他掰着指頭算着，現在離爸爸狗的生日還有幾天。

「行，還有一個月零八天！」

仔仔貓突然從樹蔭下跳了起來，搬起自己坐的那把椅子，一下子衝進了屋裏。

爸爸狗感到有點莫名其妙。

網上找到的禮物

　　仔仔貓走進屋裏，打開了電腦。

　　仔仔貓在網上尋找，他要找一件最適合送給爸爸狗的生日禮物。

　　網上禮物真多，仔仔貓不斷地點擊着。

　　屏幕上的字不斷跳躍着：

　　　　成人的禮物；

　　　　孩子的禮物；

　　　　男人的禮物；

　　　　女人的禮物；

　　　　男孩的禮物⋯⋯

　　仔仔貓的眼睛都看花了。

　　後來他找到了「爸爸的禮物」這一欄，仔仔貓說：「這挺不錯！」

　　接下來出現的是適合給爸爸的禮物：

　　　　襯衫、西裝、煙斗、領帶、腰帶、剃鬚刀、
　　　男用香水、皮包、皮鞋、鋼筆、打火機⋯⋯

這些都不適合爸爸狗，太普通了。

仔仔貓又換了「老人的禮物」這一欄。

仔仔貓問自己：「爸爸是老人嗎？」

「爸爸有點老了。」仔仔貓回答了自己，並往下尋找：

　　　　輪椅、拐杖、按摩器、按摩椅、助聽器、染髮水、假頭髮、假牙齒……

「哇，太可怕了，爸爸狗看見這些東西肯定會生氣的！」接下去仔仔貓不知看什麼好了，忽然他看見「菜單」上有「物品出售」這一項。這裏面有沒有適合爸爸狗的生日禮物呢？仔仔貓打開這項往下看去。

　　　　　　　　出售別墅

　　今有別墅一幢，地處風景區。房屋寬敞，結構合理，交通便利，風景宜人。欲購從速，價格面議。

「不用面議了，我買不起！」仔仔貓再往下瞧。

　　　　　　　　出讓賽車

　　今有賽車一輛出讓——

俊豹賽車，性能優良，造型新潮。該車曾數次在比賽中獲獎。請勿坐失良機！

　　仔仔貓瞪大眼睛，對着旁邊所附的「俊豹」牌賽車的照片看了半天，最終無奈地搖搖頭説：「這禮物給爸爸不合適，給我還可以。」

　　下面出現的是一張老河馬的照片，邊上寫着老河馬的話。

　　　　　　　　請買下它吧
　　　它能給你帶來愛和幸運，給你世世代代留下一個美好的夢和現實。

　　仔仔貓被這幾行字吸引住了，他讀了下面幾行小字又看了那件物品的照片，猛然一拍腿説：「沒有比這個更適合作為給爸爸的生日禮物了，他一定會高興得擁抱我，並大聲稱讚的！」

　　看看下面的價錢，仔仔貓有點發愁，不過他咬咬牙説：「還有一個月，我能掙到這筆錢！我一定要給爸爸的生日，送上一件最值得紀念的禮物……」

　　仔仔貓關了電腦。

　　他在電腦前坐了很久，很久。

第二天一早，仔仔貓就出門去了。

臨走前，爸爸狗問仔仔貓：「你去哪裏？」

仔仔貓說：「我去一個很重要的地方，幹一件很重要的事情。」

「那你去吧，祝你辦得成功！」平時，爸爸狗總是很信任仔仔貓的，相信仔仔貓所做的一切。他問仔仔貓：「中午回家吃飯嗎？」

「不回家，晚上也不回家吃飯。」

爸爸狗掏出一些錢給仔仔貓，說：「留着吃飯用，別太晚回家。」

「謝謝爸爸！」仔仔貓擁抱了一下爸爸狗，他收好錢，就出門了。

走在街上，仔仔貓想起大象彼得開的長鼻快餐館，前幾天他和爸爸狗在那裏用餐的時候，看見餐館門前貼着一張招聘啟事。

仔仔貓急匆匆地來到長鼻快餐館門前一看，那張醒目的招聘啟事還在。

招聘店長

本店因事業發展，急需店長一名。

歡迎身體健康、頭腦靈活、快手快腳、有一定組織能力者前來應聘。

長鼻快餐館總經理　大象彼得

仔仔貓走進餐館，敲了敲經理室的門。

「進來！」裏面傳來大象彼得低沉的聲音。

仔仔貓推開門走到大象彼得跟前。

「我是來應聘店長的。」仔仔貓説。「你能行嗎？」彼得瞧了一下仔仔貓矮小的個頭説。

「我能行。我有靈活的頭腦，做事一向快手快腳，而且能和每個人成為朋友。」

「是嗎？」大象彼得透過他架在鼻子上的眼鏡又看了仔仔貓一眼，「我不光聽自我介紹，我要看行動。我給每位應聘者兩天的見習期，如果行就會把他留下，我會給他優厚的薪酬的。」

「兩天？足夠了，我會努力工作的，讓你看到一位優秀的店長！」

「我喜歡有自信心的小伙子。」大象彼得笑瞇瞇地看着小仔仔貓。

仔仔貓馬上就在餐館上班了。

長鼻快餐館的前店長犀牛大伯已經退休好長一段時間了，店裏的管理有點混亂。

服務員兔子阿靈、黑狗快嘴和洗碗工鵝大嬸、鴨大嫂都有點散漫。因為以前的店長犀牛大伯年齡大了些，動作有些遲緩，所以在他的管理下，大家的動作幾乎都慢了兩拍。兔子阿靈還經常溜出店門去買口香糖，黑狗快嘴和顧客聊起天來沒完沒了，鵝大嬸和鴨

大嫂因為活兒不多常有時間吵架、鬥嘴。

這樣一來，店裏的顧客慢慢少了，生意也越來越清淡。

為了快餐館的生存和發展，大象彼得願意出高薪聘請一位能幹的、頭腦靈活的店長，來管理好這些伙計，搞好餐館服務。

仔仔貓上任的第一件事是寫了一張通告，送到了大象彼得經理跟前，彼得架起眼鏡仔細地讀了起來。

通告

本店有重要任務停止營業一天。

明天起本店將給你一個驚喜。每位顧客都將享受 8 折優惠。

喜歡美食者不妨來試一試！

長鼻快餐館

彼得拿下眼鏡，晃動了一下他的長鼻子說：「這是什麼意思，你上班的第一天就要停止營業？」

仔仔貓把嘴巴湊近大象彼得的大耳朵，嘰嘰咕咕地講了老半天話。彼得認真地聽着，不停地點着頭，最後他拍着仔仔貓的肩膀，哈哈大笑起來……

仔仔貓把店堂裏的所有伙計都集中起來，把即將

貼出店外的通告給大家唸了一遍。

兔子阿靈首先叫了起來：「天哪，停止營業一天，這是怎麼了？我們的店得關門了嗎？」

黑狗快嘴嚷嚷起來：「老天哪，每位顧客都享受8折優惠，誰給你這樣的權力。你會讓彼得先生的餐館破產的！」

「不。」彼得先生開腔了，「我不會破產的，我的生意會越做越紅火，因為我聘請了一位出色的店長。」

「就因為停業一天，8折優惠，他就是優秀店長嗎？」鵝大嬸和鴨大嫂不滿地問。

「不，我們還是讓仔仔貓店長給大家講講吧。」大象彼得擺了擺他的長鼻子說。

仔仔貓在彼得先生的支持下，從容地講了自己的計劃。

他說：「我們今天白天必須把店堂、廚房徹底打掃一下。要把店堂的牆壁重新粉刷，桌椅要擦拭乾淨，不能有一點兒灰塵和油漬，廚房也必須收拾得井井有條。晚上呢，大家得想法研究出更多的快餐式樣，顧客對我們原有的品種都吃膩了，我們必須改換花樣，做出更多更可口的飯菜來，這樣我們才能贏得更多的顧客，讓生意紅火起來。」

說幹就幹，仔仔貓帶領大家馬上行動起來。

店堂裏好久沒有這樣熱鬧了，大家根據新店長的要求認真地忙碌着。兔子阿靈一整天也沒有跑出店堂去買口香糖，儘管他嘴裏早已經沒有口香糖可以嚼了，黑狗快嘴除了幹活時哼哼小曲外，一點兒廢話也沒有；鵝大嬸和鴨大嫂合作得十分融洽，手腳不停，她們一次嘴也沒鬥過。

連大象彼得先生也親自幹起了粉刷牆壁的活兒，他用長鼻子捲着刷子一下一下地刷着牆，刷子到了哪裏，哪裏就是一片雪白。彼得還舉起刷子刷天花板，滴滴答答的白色塗料淋了他一身。

兔子阿靈和黑狗快嘴說：「我們的彼得老闆，變成了一隻真正的大白象——白得跟牆壁一樣！」

經過一天的緊張忙碌，傍晚時，出現在大夥眼前的是一個全新的、漂亮的快餐館，連彼得先生都快認不出這是自己的店堂了。

吃了晚飯，店堂裏燈火通明，彼得先生、仔仔貓店長和全店的伙計們都在為設計新的快餐品種煞費苦心。

仔仔貓讓大夥把自己最愛吃的飯菜，寫在一塊黑板上，然後大家一起出主意，怎樣把這些飯菜烹飪得更加美味可口，富有特色。

不一會兒，在兔子阿靈的提議下，他們做出了胡蘿蔔、土豆和豌豆**色拉**[①]。

[①] **色拉**：即沙拉。

黑狗快嘴建議大家做了一道骨頭濃湯。

仔仔貓愛吃的東西很多，可他從來沒有做過菜，在鵝大嬸和鴨大嫂的幫助下，他們一起做出了鮮美的魚排和醉香田螺。

大象彼得呢，一連想出了香蕉餅、油炸香蕉條和香蕉奶酪等幾樣美味甜點……

看着滿桌子的新鮮菜餚和點心，兔子阿靈忍不住叫了起來：「我會帶上全家，來彼得先生的快餐館吃上三個月的！」

黑狗快嘴也連聲高呼：「謝謝仔仔貓店長的高招，太棒了！」

這一天，仔仔貓回家時已經很晚了。

他簡單地洗漱了一下就上牀了。仔仔貓躺在牀上，感覺渾身累得像散了架，但他高興地對一旁的爸爸狗說：「我擁有了一根很漂亮的樹枝！」

爸爸狗不明白兒子仔仔貓在說些什麼。

長鼻快餐館
門前的長隊

第二天一清早，彼得先生的長鼻快餐館門前圍了好多人。他們想知道，前一天快餐館為什麼要停業一天？他們還想知道，今天快餐館真的給顧客8折優惠嗎？

餐館開門的時間到了，只見彼得老闆和店長仔仔貓打開餐館的大門，仔仔貓還拿出一塊大大的廣告牌，放在餐館門口。只見廣告牌上寫着：

> 長鼻快餐館重新開張
> 給你驚喜　給你美食
> 讓你樂得合不攏嘴
> 8折優惠　決不食言

廣告牌吸引來更多的人。

顧客們走進店堂一聲聲驚歎起來：

「多乾淨的店堂！」

「多清潔的廚房！」

「哦，這些食品真讓我流口水！」

一位帶着兩個孩子的兔太太説：「真是看看都解

饞！」

「不，」她的孩子們説，「看着更饞人哪！」

店堂裏一下子坐滿了顧客。

兔子媽媽為她和孩子們一連點了 6 個胡蘿蔔土豆和豌豆色拉，孩子們吃完了都説「我還要」！

兔媽媽又為每人點了兩個。

孩子們吃完了，依然大叫「我還要」！

兔媽媽着急地説：「不能要了，這樣你們會撐壞肚子的！」

最有趣的是一對黃狗夫婦，他們喝了骨頭濃湯後，一定要問這湯是誰想出來的。當他們知道這是黑狗快嘴的主意時，黃狗夫婦緊緊地擁抱了黑狗快嘴，並要和他合影留念。

黑狗被他們擁抱得透不過氣來。

照片上的黑狗快嘴，正張着大嘴在喘氣呢！

一隻肥胖的黑猩猩最鍾情香蕉大餐，他吃了香蕉餅、油炸香蕉條和香蕉奶酪，臨走時他一定要和大象彼得先生擁抱一下。他説：「你讓我的減肥計劃泡湯了，但我還是要擁抱你一下，謝謝你烹飪出這麼美味的食品。」

在大家稱讚食品美味、店堂漂亮時，大象彼得不忘向他們介紹：「這都是店長仔仔貓的好主意！」

所以，當每個顧客離店時，都會和仔仔貓友好地

擁抱一下，彷彿他們不是來快餐館就餐的，而是來參加什麼喜慶宴會似的。

這天晚上結賬的時候，彼得先生發現這一天的顧客總數是平時的 6 倍，營業額是平時的 8 倍。

儘管來店裏的每個顧客都獲得了 8 折優惠，可是店裏的利潤比以往哪一天都要高出許多。

大象彼得先生高興地說：「大家辛苦了，我會為你們每個人加工資的，尤其是店長仔仔貓！」

仔仔貓累得連高興的力氣都沒有了，他只是禮貌地說：「謝謝彼得先生，謝謝大家的努力！」

回到家裏，仔仔貓一頭栽倒在牀上，他喃喃地說：「我又多了一根美麗的樹枝！」

爸爸狗弄不明白，仔仔貓怎麼會累成這個樣子，他要那些美麗的樹枝幹什麼？

大象彼得先生的長鼻快餐館名氣越來越大，可以說是遠近聞名，連平時不大出門的爸爸狗也知道了。爸爸狗幾次想和仔仔貓一起去長鼻快餐館，可是都被仔仔貓支吾過去了。他一會兒說這些日子很忙，一會兒又說他近來腸胃不好，不想吃什麼快餐。

有一天，爸爸狗實在忍不住了，就一個人出門，他要去長鼻快餐館看看，為什麼這個餐館會這樣有名——因為以前他曾經去過那裏，那實在是一家冷冷

清清的很平常的餐館。

　　爸爸狗一走進餐館，就被裏面熱鬧的場面驚呆了，那麼多的顧客等着就餐，服務員穿梭般地奔跑着，店堂裏一片忙碌的景象。

　　好不容易等到了一個座位，爸爸狗坐了下來。他的對面坐着一位瘦瘦的鴕鳥太太。

　　「您好，狗先生。」鴕鳥太太説，「來這裏就餐嗎？」

　　「是的，我叫爸爸狗。鴕鳥太太，您是第一次來這裏就餐嗎？」

　　「不，我常來。這已經是第七，不，第八次了。我以前由於減肥不當，得了厭食症，什麼也不想吃，弄得瘦骨嶙峋，營養不良。多虧找到了這家店，我胃口大開了。這裏不僅食品美味，服務態度也好，尤其有一隻小貓，手腳快極了，你想吃什麼，他會一下子就送來。他可愛的微笑，周到的服務，再加上美味的飯菜，優惠的價格，讓我深深地愛上了這裏。」

　　「這餐館全變樣了，我簡直不知道該吃什麼好！」

　　「先生。」一隻兔子突然出現在爸爸狗身邊，就像是天上掉下來似的。他説：「我叫兔子阿靈，很樂意為您服務。您想不想嘗嘗這裏的骨頭濃湯？它會讓您難忘的。」

「好的，就來一碗骨頭濃湯！」

爸爸狗語音剛落，突然又像從天上掉下來一隻貓，他對鴕鳥太太說：「您最喜歡吃的鮮美魚排和香蕉奶酪來了。」

「謝謝，可愛的小貓！」鴕鳥太太說。

爸爸狗一抬頭，眼前站着的竟然是一直不肯隨他來長鼻快餐館的仔仔貓。

「你怎麼也在這裏？」爸爸狗驚奇地說。

「為什麼他不能在這裏。」兔子阿靈說，「他是我們的店長。」

「是啊，他還是一位優秀的服務員呢！」鴕鳥太太吃着魚排說。

「爸爸，你無意間撞破了我的一個秘密，讓我回家再告訴你。」仔仔貓回頭對兔子阿靈說：「請給我爸爸送一碗骨頭濃湯來，賬記在我身上！」

「他是你爸爸？」兔子阿靈驚叫起來。

「是啊，他是我最親愛的爸爸！」

兔子歡叫了一聲，像一陣風似的沒影兒了。不一會兒，他給爸爸狗端來一碗冒着熱氣的骨頭濃湯。

仔仔貓又忙着招呼其他顧客去了。

爸爸狗一邊喝着骨頭湯，一邊想着仔仔貓的秘密，不知不覺湯就沒了。他招呼兔子阿靈說：「請再給我一碗骨頭濃湯，兩碗湯都由我自己付賬。」

爸爸狗喝着第二碗湯，這次他品嘗出味道來了。

「這湯果然不錯！」

這天晚上，大象彼得先生召開全體員工會議。他說：「仔仔貓店長來我們店已經一個多月了，他給我們店和大家都帶來了新的氣象。這一個月來，在大家的共同努力下，我們的營業額是上個月的 10 倍，這是以前做夢都沒有想到的。現在，我們的長鼻快餐館已成了整個城市最棒、最有名的快餐館了。為了獎勵大家，我給每個員工發 3 倍的工資。店長仔仔貓先生，應該獲得 5 倍的工資，還有一筆豐厚的獎金，以感謝他對長鼻快餐館做出的突出貢獻。」

彼得先生的話音剛落，下面響起一片掌聲。

仔仔貓上前擁抱了大象彼得：「謝謝彼得先生的獎勵，我正等着這筆錢用，太感謝了。不過，從明天起我將辭去店長職務，因為還有更重要的事情等着我去做。我非常喜歡長鼻快餐館，喜歡彼得先生和每位伙伴，但十分遺憾，我不得不離開你們了。我祝長鼻快餐館越辦越興旺，也許有一天，我會再來這裏的！」

大象彼得原先耷拉着的大耳朵一下子豎了起來，他以為自己聽錯了，可是看着大家驚愕的表情，他知道自己沒聽錯。

「你……你……你是嫌我……嫌我給你的報酬太

少嗎？」彼得先生一急，說話都有點結巴了。他揚了揚手中準備給仔仔貓的一沓錢說，「我可以再加給你的，再加許多。我還準備讓你當副經理，我們合夥來辦好餐館。」

「不，不。」仔仔貓連連搖頭，他接過彼得先生手中的錢說，「這已經夠多了，已經超出了我所需要的，這不是錢的問題，我有更重要的事情要去做。」

「那你走了以後，餐館怎麼辦，誰來當店長？」彼得先生急出了汗。

「我給你推薦一位，兔子阿靈可以成為一位非常稱職的店長，他聰明又能幹。」

「這還不夠，我還準備再開一家連鎖店呢，大家都這麼建議，我連地方都找好了。」

「我還可以為你推薦一位店長。」

「誰？」

「黑狗快嘴先生，他已經幹得很棒了。他現在不再多嘴了，手腳也比以前勤快，他當店長一定很優秀！」

「你還是留下吧，我要開很多家連鎖店的，人手不夠啊！」彼得先生拉着仔仔貓說。

「不，我祝你的連鎖店越開越多，大家都喜歡長鼻快餐館，你會招聘到很多能人的！」

仔仔貓說完，和彼得先生、店裏的每位伙伴緊緊

擁抱後，大步跨出了店門。

夜很深，路上已經沒有行人了。

仔仔貓回過頭來，他看着店堂上的招牌——長鼻快餐館。

「謝謝你幫助了我！」他揮揮手說。

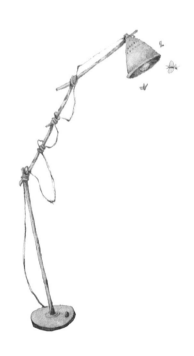

攝自 400 公里外的照片

第二天一清早，天剛蒙蒙亮。

喜歡早起的爸爸狗發現有人比他起得還早，客廳裏已經有走動的聲音了。

他趕緊起來一看，仔仔貓已經穿好衣服，用完早餐，好像要出門似的。

「兒子，你昨晚回來那麼晚，那個秘密我還沒弄明白，怎麼一大早又要出門去？」

「爸爸，我會把秘密告訴你的，就在今天。不過我馬上要出去一趟，我要開着奔飛車去遠處，晚上我會趕回來，把秘密全部告訴你的！」

「你可要小心啊，車子別開得太快！」

「我知道了。謝謝爸爸！」

仔仔貓拿起他的小背包，急匆匆地出門了。

爸爸狗撕掉了一張日曆，說：「新的一天又開始了！」

他抬頭一看，日曆上寫着——8月8日。

一個多麼熟悉的日子。爸爸狗拍拍腦袋想了一下，突然說：「今天不是我的生日嗎，我怎麼忘了呢？仔仔貓也忘了，他原來說過要送給我生日禮物的。怎

麼我們全忘了……」

晚上，月亮已經升起很高了。

餐廳裏，滿桌的菜已經涼了。為了慶賀自己的生日，爸爸狗做了許多可口的菜，等着仔仔貓回來。

牆上的掛鐘敲了 10 下。

「仔仔貓怎麼還沒回來？」爸爸狗不免有點着急了。他不時地在房子裏來回走動着，還不停地探頭朝窗外張望……

「嘭，嘭，嘭……」爸爸狗終於聽到了熟悉的敲門聲，他急忙跑去把門打開。

門外站着一隻風塵僕僕的小貓。

爸爸狗一把抱住小貓，說：「仔仔貓，你幹什麼去了，這麼晚才回來，可把我急壞了！」

「真對不起！爸爸。」

仔仔貓伸手擁抱爸爸狗的時候，從口袋裏帶出一張小紙條，爸爸狗撿起一看，是張罰款單，是警察開出的超速行駛的罰款單。

「你超速行駛了？多危險啊！我不是一再囑咐過你嗎，你太不聽話了！」

「爸爸，對不起，為了急着趕回來祝賀你的生日，我無意中超速了。」

「你沒忘記我的生日？」

「沒忘記，怎麼會忘記呢？一個月來我都在為這事忙碌呢，現在我可以把秘密告訴你了……」

「別忙，先吃飯再説你的秘密。」

「爸爸，請稍等一下。」仔仔貓轉回身，又向他的奔飛車跑去。他從轎車的車廂裏，拿出一個大大圓圓的盒子。

「爸爸給你——生日蛋糕！」

餐桌上，燭光搖曳。

仔仔貓唱完了《祝你生日快樂》的歌後，爸爸狗一口氣吹滅了生日蛋糕上所有的蠟燭。

父子倆吃着甜蜜的生日蛋糕，仔仔貓開始講述他的秘密。

就在一個多月前，仔仔貓從電腦的「物品出售」網上，看到這樣一條信息：

請買下它吧

它能給你帶來愛和幸運，給你世世代代

留下一個美好的夢和現實。

這幾句話一下子抓住了他的心。

仔仔貓急着往下看。

原來在離他們居住的這個城市 400 公里以外，有個鏡湖鎮。鏡湖鎮是個風景秀美的地方，它一面傍

水——傍着藍色的鏡湖；另一面靠山——靠着一個不大的山丘和一片林場。林場名叫狼家窪。狼家窪林場原來由一個狼的家族經營着，後來轉讓給一位名叫歐皮的獨角犀牛經營。

獨角犀牛歐皮僱傭一位老河馬管理着這片林場。

老河馬家世世代代居住在這片林場邊上。

老河馬家的小木屋前面，有一棵又粗壯又高大的銀杏樹，遠處還有另一棵。在老河馬家搬來這裏住的時候，銀杏樹就長在這裏了。銀杏樹高高聳立着，看着一代一代的河馬，由小河馬長成老河馬。

現在的這位老河馬，不知是老銀杏樹看大的第幾代了。所以，老河馬非常喜愛門前的這棵老銀杏樹。他把銀杏樹當做自己的親人，年年月月都和它廝守在一起。

但這棵老銀杏樹，也是屬於狼家窪這片林場的，它同樣是獨角犀牛歐皮先生的財產。

忽然有一天，歐皮先生要出賣這棵老銀杏樹，因為他經營這片林場並不成功，虧空了許多錢。這時正好有位木材商看中了這棵老銀杏樹，因為銀杏木是一種很名貴的木材，他想買下這棵樹，把它鋸成木材。

歐皮先生一聽馬上答應了。他說：「別說是一棵銀杏樹，就是你想買下整個林場，我也會很便宜地出讓給你的。我厭煩了這片森林，早晚我會把這些樹都

砍了賣掉的。」

「我很想買下整個林場。」木材商笑着説，「可是，我沒那麼多錢。」

他們談好了價錢，歐皮先生準備把銀杏樹賣掉了。正當他們要簽約付錢的時候，老河馬趕來了。他苦苦哀求歐皮先生千萬別賣掉這棵老銀杏樹，這棵樹和這片林場一樣，是鏡湖鎮一帶最美的風景，這裏將來會成為一片令人矚目的風景區的，老銀杏樹會成為這個風景區的標誌。

老河馬含着眼淚説：「歐皮先生，留下這棵老銀杏樹吧，它在這裏生活了整整 500 年，至今還根深葉茂、年年結果呢。留下它，你就為這裏留下了一個古老的生命、一道風景，後人會感謝你的。」

「笑話，我怎麼能看得到後人的感謝，我現在都快破產了！打我從大狼家買下這片林地和山上的那座小別墅起，我就沒從這兒賺到過什麼大錢。大狼家出身海盜，家裏有許多錢，他們都養不起這個林場，我能養得起嗎？我得儘早把它們統統賣掉！」

「歐皮先生，簽字數錢吧，別和他囉唆！」木材商晃動着手中的錢説。

「這樣吧。」老河馬突然想出一個主意，「請等我兩個月，我可以出比這木材商多一半的錢買下這棵樹的。」

「你能嗎？白日做夢吧！你是個窮看林人，哪來那麼多錢？」木材商嘲笑說。

「那你等着瞧，我會讓這棵銀杏樹永遠長在這裏的！」

「好，我等你兩個月。」聽說能賣更高的價錢，歐皮先生心動了。

聽完仔仔貓講的這棵銀杏樹的遭遇，爸爸狗着急了，他放下手中的蛋糕，說：「趕快想辦法啊，我們必須救下這棵銀杏樹，不能讓這棵 500 年的大樹倒在木材商的手裏！」

「爸爸，不用擔心，有人救下了這棵樹！」

「誰啊，是哪位好心人？」

「就是你，爸爸！」

「不要開玩笑，說真的！」

「真的是你，爸爸。有人把它買了下來，作為生日禮物送給你，是你的生日救了它。」

「誰會給我這麼珍貴的禮物？」

「是你的兒子——仔仔貓！」

爸爸狗抱住他的兒子貓，使勁地親了一下，弄得他滿臉都是蛋糕屑。

「好兒子，我全明白了。你就是為了這事才去彼得先生的餐館打工的嗎？你一個多月來早出晚歸，就為了我的生日禮物嗎？」

「是的，同時還為了救下這棵樹。」

「你哪來這麼多的錢呢？」

「因為我同時救活了一家快餐館，是彼得先生慷慨獎給我的。最終，是大家的勤勞和善良救活了這棵樹。」

「我真不知道怎麼來感謝你，我一輩子也沒想到我會收到這麼珍貴的生日禮物，它確實把我們世世代代的夢變成了現實。」

爸爸狗抹掉了仔仔貓臉上的蛋糕屑說：「你見到這棵古老的樹了嗎？」

「見到了，我還和它拍了照片呢！」

「快拿出來看看，我都等不及了。」

仔仔貓從口袋裏掏出一沓照片，遞給了爸爸狗。

第一張是老銀杏樹的照片。

老銀杏樹真的很高大，像一柄綠劍直指藍天。老銀杏樹的後面是一片森林，森林中還隱約地可以看見，有幢漂亮的房子在半山腰上。

仔仔貓指着森林說：「這就是狼家窪林場，這房子就是林場主歐皮先生的別墅。」

「這裏的風景真美，真讓人心醉！」

接着，他們看第二張照片。

粗大的銀杏樹邊，站着一隻憨厚的老河馬。

「這就是那隻世世代代住在銀杏樹邊的老河馬

嗎？」

「是的。當他知道我將買下這棵大樹時，差點兒沒把我塞進他的肚子裏去！」

「他想吃了你嗎？」爸爸狗不解地問。

「不，善良的老河馬緊緊地抱住我，緊得差點兒把我硬塞進他的肚子裏去。」

「銀杏樹得救了，他太高興了。」

「他説他們家會一輩接一輩地陪着這棵銀杏樹的，直到永遠。」

他們又看第三張照片。

銀杏樹旁的老河馬換成了仔仔貓。

仔仔貓張大嘴巴笑着，他撫摸着大樹邊上的一塊木牌，木牌上寫着：

爸爸狗銀杏樹

樹齡 500 年

仔仔貓送給爸爸狗的禮物

爸爸狗對着大樹和木牌看了半天，笑着説：「別人會以為我也 500 歲了呢。」

「我祝您長壽！」

「真是太好了！」爸爸狗撫摸着照片説，「我在 400 公里外，擁有了一件舉世無雙的生日禮物，那是

我的兒子仔仔貓送的——一棵生長了 500 年的銀杏樹，這多有意義，我會時時想起它的。」

　　說着，爸爸狗的臉上流下了一行激動的熱淚……

老銀杏樹的問候

轉眼已是深秋季節。

爸爸狗門前的那棵胡桃樹的樹葉開始掉落。每當看見胡桃樹,爸爸狗就會思念那棵遠在 400 公里外的老銀杏樹,那是一棵屬於他的樹。

「老銀杏樹現在好嗎?」爸爸狗常常這樣問自己。幾個月前,爸爸狗曾經給老河馬寄去一些錢,謝謝老河馬對銀杏樹的照顧。可是不久,他們就收到了老河馬退回的錢。

老河馬在信中說,收到這筆錢他很生氣,照顧這棵大樹是他的責任和義務,根本不需要什麼報酬。

「老銀杏樹是我生命的一部分。」老河馬在信中說,「這棵大樹給我的種種快樂和安慰,是你們給我的最好報酬。除此以外,我什麼都不需要。到時候,我會給你們送上老銀杏樹的問候的。」

爸爸狗和仔仔貓都弄不明白,什麼叫「老銀杏樹的問候」。

有一天,那是個北風呼嘯的日子。

爸爸狗和仔仔貓正在家中下棋,壁爐裏生着紅紅的炭火,屋子裏暖烘烘的。

這時，門外響起了敲門聲。

仔仔貓打開門來一看，是一位身體健壯的河馬，他的身後停着一輛卡車。

河馬先生自我介紹，他是 400 公里外的狼家窪林場的運輸工，他的伯父老河馬聽說他要運貨物到仔仔貓居住的這個城市，一定要他給仔仔貓和爸爸狗送來「老銀杏樹的問候」。

「老銀杏樹的問候」是要用卡車裝來的嗎？爸爸狗有點驚奇。

「『老銀杏樹的問候』就在我的卡車上。」果然，年輕河馬這麼說。隨後他一轉身，從車上取下一個沉甸甸的大口袋。

原來這口袋裏裝的，是今年秋天老銀杏樹結的銀杏果和一些曬乾的銀杏樹葉子。

這位年輕的河馬說：「我的伯父老河馬讓我告訴你們，這是銀杏樹和我伯父的一點心意和問候。銀杏果是健康食品，味道好又有營養；銀杏樹葉是藥材，用它泡茶對老年人降低血脂，清潔血液很有好處。」

年輕的河馬把沉甸甸的口袋背進屋裏說：「請收下老銀杏樹和我伯父的一點心意，我還要急着趕回去。」

年輕的河馬轉身走了。

望着這袋珍貴的禮物，爸爸狗和仔仔貓彷彿覺得

屋子裏更暖和了。

他倆一邊下着棋，一邊在炭火上烤着銀杏果。銀杏果發出「噼啪、噼啪」的爆裂聲，又香又糯的銀杏果肉真好吃，整個屋子裏洋溢着好聞的香味。

看着這一大袋銀杏果，仔仔貓說：「我們什麼時候才能吃完它呀！」

「為什麼不讓我們的朋友分享呢？」爸爸狗突然放下棋子說。

「對，我們給沙皮狗大伯送一些去！」仔仔貓高興地嚷着。

「還有給你獎賞的大象彼得先生。」爸爸狗說。

「好啊，讓長鼻快餐館的伙伴們，都能嘗到這美味的銀杏果。」仔仔貓手舞足蹈地說。

「走吧。」爸爸狗拿出口袋，把「老銀杏樹的問候」分成幾份，他們頂着寒風出門了。

他們先把其中的一份，送給了喜出望外的大象彼得先生。

接着，他們來到沙皮狗先生的家裏。

瞧着爸爸狗拿出一包銀杏樹葉，沙皮狗馬上跳了起來，說：「老傢伙，你什麼時候幹上情報員這一行的！」

爸爸狗有點摸不着頭腦，他拍拍這包銀杏樹葉

説：「怎麼，這是我們的接頭暗號嗎？」

「不。」沙皮狗先生笑了起來，「昨天醫生剛診斷出我的血脂很高，這很危險，他囑咐我常用乾銀杏樹葉泡茶喝。我正苦於不知道到哪兒去找這東西，你就給我送來了。」

「這兒還有呢。」仔仔貓送上一大包銀杏果，沙皮狗先生打開一看，高興地說：「這是我從小就愛吃的銀杏果，炒着吃香噴噴，燒菜吃營養好。這太棒了，你們是從哪兒弄來的？」

仔仔貓把給爸爸狗送生日禮物的事說了一遍。沙皮狗先生一把拽住爸爸狗說：「你從哪兒拐騙來這麼個好兒子，真讓我嫉妒呢！再過幾個月就是我的生日了，仔仔貓你能幫我也買一棵銀杏樹作為生日禮物嗎？樹齡也要 500 年以上的。」

「當然可以！」仔仔貓笑着說。

「錢我來出，再貴也沒關係！」

「讓這個老傢伙破產。」爸爸狗開玩笑地說，「他的錢太多了。」

當爸爸狗父子倆走出沙皮狗先生的家門時，寒風吹得更緊了，天上開始飄下雪花，可是這對父子的心裏卻暖融融的。

第6章
銀杏樹和海盜珍寶

　　仔仔貓和爸爸狗抬頭看着銀杏樹，在皎潔的月光照耀下，銀杏樹真的像一把綠色長劍直指天空，而它身下的樹影正在風中微微舞動。

又是櫻桃紅了

　　春天很快就要過去了，不知不覺到了五月的第二個星期。

　　又是櫻桃紅了。那一天，爸爸狗在街上看到了紅櫻桃，他買了一堆個頭很大的又紅又甜的櫻桃回家。

　　爸爸狗一進門就對仔仔貓喊着：「看，櫻桃又紅了！」

　　吃着櫻桃，父子倆輕輕地哼起了歌：

　　　　五月裏，多麼好，
　　　　樹上掛滿了紅櫻桃。
　　　　親愛的小寶寶，
　　　　好寶寶，
　　　　你就是媽媽甜蜜的小櫻桃……

　　爸爸狗看了一下仔仔貓説：「我們怎麼來慶賀你的生日呢？」

　　「出去旅行吧！」父子倆幾乎同時喊出了這句話。旅行總是帶給他們快樂和幸運的。

　　「去哪裏呢？」

「去 400 公里外！」父子倆幾乎又是同時喊出了這句話。

他們都想念那棵遠在 400 公里外的銀杏樹。在這美麗的五月，銀杏樹該是一片翠綠了吧！

說幹就幹，他們馬上準備起來。爸爸狗出門去買吃的、用的。

仔仔貓把奔飛車檢修了一遍，並把它擦洗得通體鋥亮。爸爸狗看了不由得讚歎了一句：「多麼漂亮的車子啊！」

第二天是星期天，他們駕車出發了。

這是一個風輕雲淡的好日子，讓人感到舒爽極了。仔仔貓按動電鈕，車頂的茶色玻璃天窗向後移去，奔飛車變成了一輛敞篷跑車。仔仔貓把車子開得很快。

路兩旁的美麗景色飛快地向後移去。

「兒子，別開太快了，車子會受不了的。」

「不。」仔仔貓把車子開得更快了，「我的奔飛車是世界一流的，我把它保養得很好。再說，我的駕車技術也是一流的。我會以最快的速度把你送到 400 公里外的銀杏樹下。」

「不，我們這是旅行，不是急着趕路。而且……」爸爸狗不好意思地說，「我的心臟也有點受不了。」

這時仔仔貓才注意到爸爸狗，他的臉色不太好。仔仔貓第一次感覺到爸爸狗蒼老了，神情也有些疲憊。

「爸爸，對不起，我不知道你的心臟不舒服。你說得對，我們是在旅行，不是趕路。如果你覺得累了，我們隨時可以停下休息的。」

仔仔貓放慢了車速。

「不，我不累，只是覺得自己老了，心臟不好，視力衰退，嗅覺也不靈敏了，我變成了一隻可憐的老狗。我想，旅行也許會使我變得年輕點。」

「會的，旅行會使你年輕，當你站在那棵有 500 年樹齡的老銀杏樹下，你會覺得自己非常年輕的。」

爸爸狗聽了哈哈大笑，他好像真的變年輕了。

離鏡湖鎮已經不遠了。

為了讓爸爸狗不感到太累，仔仔貓把車停在路邊一家叫「湖畔咖啡館」的地方，讓爸爸狗下車喝杯飲料休息一下。

咖啡館的女主人**鵜鶘**①太太熱情地接待了他們。仔仔貓為爸爸狗要了一杯鮮橙汁，自己要了一杯礦泉水，他們坐下休息。

店裏坐着幾位客人，看來是一起的。為首的是個禮賓狗，這是一種出身高貴的狗，全身毛色雪白，他穿着灰上衣黑褲子，顯得儀表非凡，但看得出這位禮賓狗先生已經很老了，身體有點傴僂，説話聲音也很沙啞。坐在他身邊的還有一位年長的灰熊先生和一位上了年紀的鴕鳥太太。從他們的談話中可以聽出，這是幾位結伴而行的老年旅遊者。

看見仔仔貓扶着爸爸狗進來，並為他點了鮮橙汁，自己卻喝礦泉水，禮賓狗先生走過來對爸爸狗説：「你真好福氣，還有一隻小貓侍候着。」

「不，我是爸爸狗，這隻小貓是我的兒子，我們一起來旅行。」

「啊，父子結伴旅行，真讓人羨慕。」禮賓狗高聲説，「我們這羣老頭子、老太婆，兒女都大了，他

---

① **鵜鶘**：一種水鳥，體形較大，羽毛是灰白色的，翼上有少量黑色羽毛。「鵜」：粵音「提」，「鶘」：粵音「胡」。

們幹自己的事去了，剩下我們真孤單啊，只能自己結伴旅行。」

「是啊，生了病也沒人理呢！」鴕鳥太太一臉無奈地説。

「誰都有這一天的。」爸爸狗説，「以後仔仔貓長大了也會有自己的事業，到時候我也就獨自一人了，我會參加你們隊伍的。」大夥聽了都笑了起來。仔仔貓着急地説：「不，爸爸，我會陪伴你一輩子的，我永遠不和你分開，永遠不分開！」

「你的兒子真好，儘管不是親生的。爸爸狗先生你夠幸運的。」灰熊先生咳嗽着説，「我真想找一個風景優美的地方住下來，身邊有個人照顧着，有這樣的老年生活我就很知足了。」

藏着秘密的百年詩篇

爸爸狗和禮賓狗他們正説笑着，又有一位客人走進湖畔咖啡館。

這是一位面容蒼老的銀色狐狸。他四周看了一下，神秘地説：「我叫銀狐，你們叫我銀狐先生吧，我手頭掌握着一個秘密，不知道你們感不感興趣。」

「我們不感興趣！」鴕鳥太太冷漠地説。

「我感興趣，你説説吧！」仔仔貓朝爸爸狗擠了擠眼睛説。

「真是一隻好奇的小貓。」禮賓狗笑着説。

聽説有人感興趣，銀狐先生來勁了：「你們都是旅遊者吧！再往前走一小段路就是鏡湖鎮了。那是一個美麗的風景區，有古老的小鎮，有藍色的鏡湖，還有樹林茂密的狼家窪林場，那可是旅遊的好去處。」

「這誰不知道，我們就是衝着這些來的。」灰熊先生説。

「可是這裏面有個百年之謎你們並不知道。」銀狐故弄玄虛地説，「這和我的身世有關。」

大家被銀狐的話語吸引住了，都伸長脖子聽着。銀狐環視了一下，繼續往下説：「這狼家窪林場的主

人是誰，你們知道嗎？」

「我知道。」禮賓狗説，「是一位名叫歐皮的獨角犀牛，他是從一個狼的家族手中買來這個林場的。」

「故事就從這裏説起。」銀狐清了清嗓子説。

這個狼的家族，祖先是個有名的海盜，他從海上打劫來許多金幣、銀幣和耀眼的珠寶，他害死了許多同夥，把這些財寶佔為己有。後來海盜老了，他想過安定的生活，就用其中的一部分財寶買下了一片林場，就是今天的狼家窪林場，並在山坡上蓋起一幢漂亮的別墅，他想在這別墅中過安寧的生活。

可是老海盜的心總安穩不下來，因為他幹過太多的壞事，有許多仇家，他總擔心自己財寶的安全。於是，老海盜約了一位海盜密友——狐狸，來商量藏匿財寶的事。

狐狸給老海盜出了個主意，他們挑選了一個絕對隱秘的地方，埋藏了老海盜的財寶。

這個地方只有老海盜和他的密友狐狸知道。

就在埋藏好財寶的第二天，老海盜請狐狸來林場喝酒。那天的酒是老海盜打來的，還買來幾個菜，狐狸一點也沒防備地喝下了

一杯酒，可是他發現老海盜一點酒也沒沾。這時，他才覺得酒的味道不對，但為時已晚，他喝下了老海盜殺人滅口的毒酒。

老海盜正在得意之際，可是他沒想到，其實這一天，狐狸也是準備對他下手的。狐狸假裝要解手，他轉到老海盜身後，突然從腰中拔出一把尖刀，刺進了老海盜的後背。

老海盜嚎叫一聲倒下了，狐狸急忙跌跌撞撞地趕回家，他只來得及把一張紙條塞到妻子的手中，就倒地而亡了。

從此，老海盜的藏寶之地就成了不解之謎……

銀狐的故事講完後，大家沉默了很久。仔仔貓忍不住發問：「狐狸拿出來的那張紙條呢？上面沒有寫明藏寶的地點嗎？」

「紙條上寫着一首非常晦澀的詩，也許暗示了藏寶地點，可是 100 年來誰也猜不出來。」銀狐不無懊喪地說。「那麼這張紙條現在在哪裏？」仔仔貓緊追不捨地問。「在我手裏。」銀狐得意地一笑，「那隻被老海盜毒死的狐狸就是我的曾祖父，我是他的後代，由我繼承這張紙條。」

「你能拿出來讓我們看看嗎？」大家幾乎異口同

聲地問。

「不能看，但我願意出讓。」銀狐面帶狡猾地說。正說着，咖啡館的女主人鸕鷀太太走來了，她說：「銀狐先生，你又在出賣你那不值錢的秘密啦。你在狼家窪林場前後挖了多少坑，也沒找到你曾祖父埋藏的海盜財寶。小心獨角犀牛歐皮先生再次送你到鎮長那兒，把你投下大牢。」

「我怕什麼，我挖財寶也是為了鎮上好。根據法律規定，挖出的地下財寶是屬於鎮上的，我只不過得到一些獎勵而已。」銀狐先生憤憤地說，「現在我老了，挖不動財寶了，我出賣祖上留下的秘密也犯法嗎？」

「什麼秘密啊。」鸕鷀太太說，「都 100 年了，也沒挖出什麼財寶來，這秘密還管用嗎？」

「當然管用，我相信總有一天這秘密會被破解的。」

「這張紙條賣多少錢？」仔仔貓問。

「不貴，200 元錢！」銀狐揮揮手中的一張看上去很陳舊的紙條。

鸕鷀太太嘲笑着說：「他每天都能賣出幾張去，都是些複製品，誰也沒有挖出過財寶。」

「好的，我買一張。」仔仔貓從他以前買銀杏樹時剩下的一點紙幣中，抽出兩張給了銀狐先生。

銀狐先生把那張黃跡斑斑的紙條交給仔仔貓説：「紙條是複製的，但完全照原樣。祝你好運！」

　　仔仔貓把紙條攤在桌子上，大家都圍過來看，只見上面用歪歪扭扭的筆跡寫着一首詩：

　　　　鷗鶇聲聲山坡傳，
　　　　已是午夜十二點。
　　　　風吹劍舞月色朗，
　　　　——劍，劍，劍，
　　　　鋒芒指處珍寶現！

　　鴕鳥太太以她那略帶沙啞的嗓音讀了兩遍，説：「天哪，真像魔咒一樣。仔仔貓，做你的智力遊戲去吧！」

　　「是的。」仔仔貓小心翼翼地收起紙條，笑着説，「我很喜歡這樣的智力遊戲。」

銀杏樹上的皓月

爸爸狗白天看了老銀杏樹，並在樹下照了相。夜晚他又來到銀杏樹下，爸爸狗用手掌撫摸着銀杏樹蒼老的樹幹，抬頭注視着滿樹翠綠的葉子。

「真是一棵古老的銀杏樹，比我想像中的還要神奇漂亮，真了不起！」爸爸狗一遍又一遍地稱讚着。

這時，皓月升上了天空。

銀杏樹在月光的照耀下，顯現出更加美麗和神秘的色彩。

爸爸狗對仔仔貓説：「沙皮狗先生不是要你再買一棵銀杏樹，作為他生日的禮物嗎？」

仔仔貓這時正獨自在不遠處唸唸有詞，聽了這話，他忙回答：「爸爸，你瞧，遠處不是還有一棵銀杏樹嗎？我會再同獨角犀牛歐皮先生商量，買下它的。」

「那也是一棵高大而漂亮的銀杏樹。」爸爸狗瞧着遠處大樹的影子説，「歐皮先生會同意賣掉它嗎？」

「同意，你要買下整個林場他也會同意的，他正想賣掉林場去城裏做生意呢！」

「林場我們買不起。」爸爸狗自言自語地説。

這時，仔仔貓又開始唸唸有詞了。

「你在作詩嗎？仔仔貓，你被這美麗的風景打動了嗎？」爸爸狗笑着問。

「不，我在背白天從銀狐先生那兒買來的紙條上的詩呢，我想它會告訴我一點什麼的。」

「這是一個很難猜的謎，100年來也沒人能猜出它。」

「我想我能！」仔仔貓又在唸唸有詞了：「鴟鴞聲聲山坡傳，已是午夜十二點……爸爸，鴟鴞是什麼？」

「是指貓頭鷹和他的近親。」

正說着，森林裏傳來了貓頭鷹的叫聲，那一陣陣恐怖的叫聲，就像什麼東西在哭似的。

仔仔貓有點毛骨悚然，但他還是鎮靜下來。

「爸爸，現在幾點了？」

「10點。」

「我要等到12點。」

「為什麼？」

「詩裏說了『已是午夜12點』，我想，等到午夜12點，這裏一定會有什麼奇妙的變化。」

「那還有兩個小時呢，要不要回去休息一下？」爸爸狗問。他們就住在老河馬先生的家裏，那裏離老銀杏樹不遠。

「不用了，我們就在這兒走走想想，也許對破這個謎會有幫助的。」

今晚的月亮又大又亮。

月亮越升越高了。

仔仔貓圍着老銀杏樹走了不知多少圈，爸爸狗在後面跟隨着。

仔仔貓還是不停地唸唸有詞：「風吹劍舞月色朗……」

「現在正是月色朗朗，」爸爸狗也自言自語地説，「可是誰在舞劍呢？總不見得是風在舞劍吧！」

「劍，劍，劍，」仔仔貓繼續往下唸，「鋒芒指處珍寶現！」

「連着三個劍字，是三把劍嗎？」爸爸狗又在問自己了，「既然劍在舞着，怎麼又是鋒芒指處呢？這詩顯然不通！」

「你説什麼？三把劍？」

「劍，劍，劍，不是三把劍嗎？」爸爸狗環視四周説，「這裏哪來的三把劍？只有兩棵樹，兩棵老銀杏樹！」

「兩棵銀杏樹？」

仔仔貓的眼前突然閃過一道光亮。他猛然想起，老河馬曾經説過，這裏的銀杏樹原先有三棵，中間的

一棵樹被砍伐了。

可是這銀杏樹又怎麼和劍聯繫在一起呢？鋒芒又是指什麼？

仔仔貓又陷入了沉思。

這時，輪到爸爸狗唸唸有詞了，他唸得很響：

> 鴟鴞聲聲山坡傳，
> 已是午夜十二點。
> 風吹劍舞月色朗，
> ——劍，劍，劍，
> 鋒芒指處珍寶現！

「風吹劍舞！」仔仔貓突然叫了起來，「這劍一定是指銀杏樹。」

「是指銀杏樹的樹影在風中舞動吧！」爸爸狗也若有所悟。

這時，爸爸狗低頭看了一下表：「12點到了。」

仔仔貓和爸爸狗抬頭看着銀杏樹，在皎潔的月光照耀下，銀杏樹真的像一把綠色長劍直指天空，而它身下的樹影正在風中微微舞動。

仔仔貓拖着爸爸狗，沿着這12點鐘月光照耀下的樹影向前跑着，一直跑到樹影將盡的地方，他蹲下身子不斷地摸着。

「摸到了！」仔仔貓叫了起來。

「是摸到財寶了嗎？」

「哪那麼容易。」仔仔貓笑了，「我摸到了那棵被砍的銀杏樹的樹墩！」

爸爸狗也蹲下來，伸手摸到了一個圓圓大大的樹墩。他抬頭一看，如果這棵樹還在的話，此時樹的影子一定是向前，指着第三棵銀杏樹的。

「我知道你是怎麼想的了。」爸爸狗説，「兒子，你真聰明！」

爸爸狗和仔仔貓沿着那已不存在的樹影一直向前跑，跑到第三棵銀杏樹下。

他們回頭一看，在這一刻——也就是午夜 12 點，這三棵銀杏樹的樹影是連成一道直線的。

「這就是『鋒芒指處』！鋒芒就是這三棵像劍一般的銀杏樹的影子！」父子倆異口同聲地説着。

他們又沿着第三棵銀杏樹的影子向前跑，一直跑到影子的盡頭，那兒有一塊巨石。

巨石的模樣像一個捏緊的拳頭，卻有一根突出的「指頭」指着前面，仔仔貓和爸爸狗一起坐在這根伸出的「指頭」上，他們氣喘吁吁地説：「沒錯，海盜的財寶一定埋藏在這下面！」

重見天日的
海盜珍寶

　　鏡湖鎮的鎮公所，在一個熱鬧的廣場上。

　　鎮長白熊先生是一位整天忙碌的人。

　　白熊先生已經上了年紀，鼻上架着一副老花眼鏡，背也有點駝了，説起話來聲音很混濁。鎮上的居民都很尊重這位老鎮長，他確實是個想為全鎮人辦好事的鎮長。

　　一大清早，鎮公所就開始熱鬧起來，人們進進出出，川流不息。

　　鎮長坐在一張寬大的辦公桌前，來找他的人絡繹不絕。秘書胖鵝太太忙着把一份份需要鎮長簽署的文件，放在他的桌上。

　　仔仔貓和爸爸狗來到鎮長辦公室門前的時候，白熊鎮長正在批閱一沓文件。辦公室外還坐着幾位等候接見的人。

　　仔仔貓直衝鎮長辦公室，胖鵝太太攔住了他，要他在門口等候。這時，白熊鎮長已簽署好了文件，開始接待來訪者。第一個進門的是一位衣着樸素、彬彬有禮的灰驢太太。

　　辦公室的門開着，仔仔貓和爸爸狗可以看見，灰

驢太太和鎮長在親切地交談。可是談着談着，白熊鎮長和灰驢太太的嗓門都開始大起來。

灰驢太太説：「不管你怎麼説，我的學校一定要在近期進行修繕，它實在太陳舊破爛了。學校還必須增加新的課桌、椅子……」

「我很明白。」鎮長先生説，「不僅僅是你的那所小學，還有幼稚園，都太糟糕了。而且最好我們再蓋上一所幼稚園、一所小學校，我們還必須再辦一所中學，這鎮上的人口越來越多了……」

「你説得很對。」灰驢太太大聲説，「不過當前最緊急的是維修我的校舍，否則房子會倒塌的！」

「可是，我一下子到哪兒去弄這些錢，鎮上的經濟很拮据，我們缺少教育經費，缺少基建費用，缺少福利基金，缺少……」

「鎮長先生，我給你送錢來了！」安靜坐着的仔仔貓一下子跳起來，衝進了鎮長的辦公室，胖鵝太太想攔也沒攔住。

「你是幹什麼的？」鎮長先生問仔仔貓。

「我是旅遊者。」

「我現在不接待旅遊者，我有要緊的事要辦！」

「我給你送錢來了，這難道不是要緊的事？」

「別開玩笑。」鎮長推了推鼻子上的眼鏡，仔細看了看仔仔貓，「對不起，你是想來鎮上投資嗎？」

「不，我是送錢來的。」仔仔貓走上前去，在鎮長耳邊講起了悄悄話。這讓灰驢太太和門外的人都十分驚奇，不知道這是怎麼回事。

只見鎮長的表情不斷地起着變化，他由平靜到專注，由專注到驚訝，由驚訝到激動、到興奮，最後他跳起來説：「我們必須馬上行動！」

「對，事不宜遲，馬上行動！」門外的爸爸狗也跟着喊了起來。

鎮警察局長黑豹先生帶着一隊警察，包圍了第三棵銀杏樹周圍的地方，鎮長白熊先生指揮一些工人從仔仔貓指的地方挖了下去。

鎮上的人們把四周圍了個水泄不通，挖寶的消息像閃電一樣傳遍了全鎮。仔仔貓他們在進小鎮以前遇到的禮賓狗先生、灰熊先生、鴕鳥太太，也和一羣旅遊者擠在周圍。

隨着一鏟一鏟挖土的聲音，突然有人哭了起來，而且聲音很響。禮賓狗一看，是身邊的銀狐先生。銀狐先生大聲抽泣着説：「我真不該出賣我曾祖父留下的秘密，現在我完了，我一分錢也拿不到了！我會向鎮長要求，繼承我曾祖父的一份遺產。」

「你的曾祖父是幹什麼的，你沒忘記吧！」禮賓狗先生憤憤地説。

「當然，我知道，他是一個海盜。」

「海盜最大的遺產是什麼，你知道嗎？」見銀狐一時回答不上來，禮賓狗先生說，「是一副絞刑架，你想繼承嗎？」

銀狐閉緊嘴巴再也不敢說話了。

這時，土坑中傳來「噹」的一聲。

「輕點！」鎮長叫了起來，他們一起彎下身仔細察看起來。仔仔貓跳下坑，用手朝發出聲音的地方用力擦了擦，那裏顯出一片光亮。

「像是一個瓷罈子！」仔仔貓驚呼起來。

「小心點挖。」鎮長和爸爸狗一起跳下坑來。

大家仔細地挖着，全場一片寂靜，只聽見往土坑外一鏟鏟送土的聲音。

在鎮長的帶領下，從泥坑裏一連往外搬出了五個瓷罈子，每個瓷罈子都有洗臉盆那麼大，沉甸甸的。在鎮警察局長黑豹先生和一隊警察的護衞下，瓷罈子被送往鎮公所。

全場一片歡呼。

只有銀狐先生發出了痛苦的哀鳴……

瓷罈子在鎮公所被打開。

裏面的財寶被取了出來——那是一堆亮燦燦的金幣和銀幣，還有許多閃閃發光的珍寶，耀得人眼花繚亂。

鎮長白熊先生宣布——

根據鏡湖鎮的法律，這批海盜埋藏在地下 100 年的財寶，歸全鎮人民所有，而發現這批財寶的人，可以獲得其中的十分之一作為獎勵。

也就是說，仔仔貓和爸爸狗可以獲得一筆巨額的獎金。

當仔仔貓和爸爸狗走出鎮公所時，歡呼的人羣把他們包圍了。

禮賓狗先生擠上前，和仔仔貓、爸爸狗緊緊擁抱，他說：「祝賀你們，你們用自己的智慧給全鎮人民造福，還使自己成了大富翁。」

灰熊先生和鴕鳥太太也使勁擁抱他們，說：「祝賀你們，我們不能來分你們的財產，但我們可以分享你們的快樂！」

「我們會讓大家都快樂起來的！」仔仔貓說，「這是幸運，這也是我們大家的成功！」

那位可憐巴巴的銀狐先生也伸出手來說：「請接受我這個老銀狐的祝賀，我想這筆財富想了一輩子，可是卻讓你們獲得了。你們不會忘記是我給你們提供的重大秘密吧？」

「不會忘記的！」仔仔貓握着老銀狐有點顫抖的手說，「我會送你其中的一枚金幣作紀念，感謝你給我們講述的那個精彩的海盜故事，並提供給我們一個

非常重要的尋寶線索。」

　　「謝謝。」銀狐先生説，「我不會貪心的，這足夠了。我從我曾祖父非法獲得的財寶中，合法地獲得了其中一枚金幣，我會永遠珍藏它的。」

歐皮先生開着
奔飛車跑了

仔仔貓開着奔飛車，和爸爸狗一起，穿過狼家窪林場，來到半山腰的別墅前。

仔仔貓按響了門鈴，開門的正是獨角犀牛歐皮先生。

「歡迎，歡迎，兩位發了大財的先生！」

歐皮先生仔細地端詳了仔仔貓的奔飛汽車，他撫摸着汽車說：「這真是一輛漂亮而實用的車，很讓人喜歡。」

「歐皮先生。」仔仔貓說，「我們想和你談一件事情。」

「可以，可以，請進屋來說。」歐皮先生把兩位客人請進別墅。

別墅造在半山腰上，建築很氣派，門前有着寬大的院子，三層樓的房子裏，有着大小近 20 個房間。

客廳很敞亮。他們坐下後，仔仔貓開門見山地說：「歐皮先生，聽說你準備出讓這片林地和這山上的別墅，我們有意將它們買下來。」

「可以商量，可以商量。」歐皮先生似笑非笑地說，「我是想出讓，我在這兒待膩了，再說這林場總

爸爸狗和兒子貓

211

讓我虧本，我想脱手後去城市裏做生意。」

「我們有意買下這林場和別墅，不知價格如何？」

「現在這塊地方出了名，地價升值了。再説，鎮上還準備在這裏開闢新的旅遊風景點，買下這裏你們會賺大錢的！」

「我們沒有賺大錢的想法，我們只是喜歡這裏。」

「我想請問一下，你們準備把這房子派什麼用場？」

「我們準備在這裏辦一個養老院，讓一些年老者能在這風景優美的地方安度晚年。」仔仔貓看着爸爸狗説，「包括我爸爸。」

「你真是個孝順兒子，不過你會破產的，辦養老院開銷太大，又沒有什麼收入。」

「我們的養老院還兼管林場的經營，我想把這裏開發成風景區，會有比較好的收入的。」

「你這個主意不錯，挖出海盜珍寶以後，這塊地可以説是聲名大振了，圍繞它可以做很多文章。所以，我的要價也不會低的。」

「你要多少？」

「我已經知道你從海盜珍寶中獲得了多少獎金，我就要這筆錢！」

「太過分了！」仔仔貓説，「據我所知，你原先

的要價，只不過是這筆錢的二分之一。」

「不，我剛才已經説過了，這塊地皮和別墅都增值了，也許它們的價值還遠遠不止這些呢，我只不過是等錢用而已。」

「你知道，我們買下這幢別墅還要重新裝修呢。」爸爸狗説，「這也需要很大一筆錢。我們除了這筆獎金外再也沒有其他錢了。」

「好吧，我不比那些海盜，我是一個很仁慈的人，很好説話。我再減掉一點價錢。」獨角犀牛想了一下説，「我減掉十分之一吧，給你們留下裝修的錢，不過我還有個附加要求。」

「什麼要求？」仔仔貓問。

「再加上你那輛漂亮的奔飛車！」

「你太過分了！」爸爸狗説，「這可是仔仔貓最心愛的車，絕對不行！」

「你們總希望我拿了錢快點離開這裏吧！」獨角犀牛又似笑非笑地説。

「是的，我很希望你馬上從這裏消失，我們可以立即來修建這個養老院。」仔仔貓説。

「那就一手交錢，一手交房子和林場，然後我駕着屬於我的奔飛車馬上離開這裏，這還不行嗎？」

聽了這話，仔仔貓咬咬牙説：「那就成交吧！」

獨角犀牛歐皮先生駕着仔仔貓的奔飛車，帶着一

袋財寶，離開了狼家窪林場，這消息很快傳遍了鏡湖鎮。

住在老銀杏樹邊的老河馬先生，還把仔仔貓和爸爸狗要在這裏辦養老院的事告訴了大家。大家都為仔仔貓和爸爸狗的壯舉叫好。

禮賓狗先生、灰熊先生和鴕鳥太太首先來找仔仔貓，他們要求一起來籌辦養老院，並準備在這個養老院安家養老。

銀狐先生也拿出他珍藏才幾天的那枚金幣説：「讓我也來出點力吧，能在這個養老院裏工作和養老，是我一生中最大的幸福……」

獨角犀牛歐皮先生居住的這座冷清清的別墅，現在一下子變得熱鬧起來……

籌建養老院和狼家窪林場管理處的工作，正在熱火朝天地進行着。

三棵銀杏樹

養老院即將落成。

一天，仔仔貓和爸爸狗來到山下的銀杏樹邊，樹下的那塊牌子依然豎在那裏。

父子倆抬頭看着半山腰上的養老院，爸爸狗説：「仔仔貓，你為我做了很多事情，我不知道怎麼感謝你才好。如果沒有你在我身邊，我的生活將會非常暗淡的。」

「不。」仔仔貓拉着爸爸狗的手説，「首先是你用愛照亮了我的心，我們才會擁有這一切。」

「你為我做出了太大的犧牲，連你心愛的奔飛車也搭進去了。」

「為你辦一個養老院，這是我最大的幸福。再説，奔飛車也是你和沙皮狗大伯給我買的。」

説起沙皮狗大伯，仔仔貓突然想起，再過幾天就是他的生日了，原先他答應送給沙皮狗大伯一棵銀杏樹作生日禮物的，現在已經做到了。

父子倆走到另一棵銀杏樹下，並在那兒豎了一塊牌子，上面寫着：

　　　沙皮狗銀杏樹

樹齡 500 年
爸爸狗和兒子貓送給
沙皮狗先生的禮物

仔仔貓為銀杏樹和木牌照了相片，給沙皮狗大伯寄去。仔仔貓還在信中告訴沙皮狗大伯，他和爸爸在鏡湖鎮風景區辦了一個養老院，歡迎沙皮狗大伯來做客。

就在養老院落成的那一天，山下的銀杏樹旁開來了一輛藍色轎車。

仔仔貓正在半山坡上，他指着轎車對爸爸狗説：「看，沙皮狗大伯開着他的轎車來了！」

「這老傢伙挑了個好時間來！」爸爸狗帶着仔仔貓跑下山去，他們在沙皮狗的銀杏樹前熱烈擁抱。

沙皮狗看着兩棵大樹説：「真了不起。聽你們説這中間還鋸掉了一棵？」

「是的，就在這裏！」仔仔貓指着不遠處的樹墩説。

「應該把它補種上，這就是我們的仔仔貓銀杏樹。」沙皮狗説。

「是的，我們想到一塊兒去了。我已經在林場挑了一棵銀杏樹，不過沒有這兩棵大，我們這就把它種在這裏。」爸爸狗説。

他們立即請來人一起種好了樹。

仔仔貓對沙皮狗大伯説：「謝謝你來做客！」

「不，我不是來做客的，我是信使，給你送來一封重要的信。」説着，沙皮狗先生從口袋裏摸出了一封信，遞給了仔仔貓。

仔仔貓打開信，這是大象彼得先生寫給他的。

彼得先生在信中説，在仔仔貓的幫助下，長鼻快餐館成了非常有名的餐館，現在他已在城裏開了五家連鎖店，原先店裏的伙計都成了店長，現在第六家連鎖店又將開張。彼得先生還準備開長鼻食品店、長鼻服裝店和長鼻飲料公司。

彼得先生在信的最後説：「來吧，仔仔貓，快來幫幫我，我老了，幹不了幾年了。你來當我的合夥人，你當『長鼻公司』的總經理，我當董事長，過不了幾年我就把事業全都交給你，我會到你爸爸的養老院（這是沙皮狗先生告訴我的）去享清福。來吧，仔仔貓，請馬上就來，一刻也不要遲疑……」

仔仔貓把信遞給爸爸狗和沙皮狗大伯看。

爸爸狗看完信説：「這是一個很好的機會，你已經長大了，幹你的事業去吧，不用擔心我。我也有了自己的事業，我會和這幫老傢伙們一起辦好養老院和林場的。只要你經常給我來信，或者來看看我，我會很高興的。」

「爸爸，不管我到哪裏，永遠也不會忘記你，我會經常來看你的！」

「去吧，」沙皮狗先生説，「一刻也不要遲疑。就像彼得先生説的，開着你的奔飛車馬上去吧，他們等着你呢！」

「他沒有奔飛車了！」爸爸狗有點傷心地説。

「怎麼回事？」

「為了買下這林場和別墅，他把心愛的車也搭進去了。」

「真了不起，那就駕着我的藍色轎車去吧！」

「這怎麼行。」爸爸狗説，「你怎麼回城？」

一聽這話，沙皮狗先生生氣了：「你這個老傢伙，還想攆我走嗎？打我車輪一滾動來你們這裏時，我就沒想過再回城裏去！我來和你合夥辦養老院，你不歡迎嗎？」

「歡迎！」爸爸狗張開雙臂説，「你讓我好像在夢裏一樣！」

兩位老人緊緊地擁抱在一起！

尾聲

爸爸狗在養老院的成立大會上説：「我們的養老院和林場管理處正式成立了。我們非常榮幸地有了新的合夥人——沙皮狗先生。他帶來了巨額的資金，將擔任養老院的董事長，我榮幸地擔任總經理。我們聘請禮賓狗先生擔任接待部主任，灰熊先生擔任後勤部主任，鴕鳥太太擔任餐飲部主任，老河馬先生擔任林場管理部主任，銀狐先生擔任旅遊部主任兼導遊……」

這時，銀狐先生站起來激動地説：「謝謝總經理的信任，我已經在挖出海盜財寶的地方，建立了陳列室。裏面有海盜老狼和狐狸的畫像，有藏寶詩的原件，還有裝財寶的瓷罈和部分珍寶，包括我捐獻的那一枚金幣。我還將在海盜們互相殘殺的地方建立遊覽點和賣品部，出售與海盜有關物品的複製品……」

「謝謝，銀狐先生，你想得很周到。」爸爸狗説。

禮賓狗突然跳起來問：「還有仔仔貓先生呢，他為養老院的建立做了那麼多的貢獻，他擔任什麼工作呢？」

「他已經離開這裏了。」爸爸狗指着門外説，「此

刻他已經出發，發展新的事業去了。」

大夥擁出門外，朝山坡下看去。

仔仔貓駕駛着一輛藍色轎車，在三棵銀杏樹邊停留了一下，然後轉了個彎，從鏡湖鎮邊上開過，車子越開越快，不一會兒就不見蹤影了。

中國兒童文學名家精選（第二輯）

爸爸狗和兒子貓

作　　者：張秋生
責任編輯：葉楚溶
美術設計：蔡學彰
出　　版：新雅文化事業有限公司
　　　　　香港英皇道 499 號北角工業大廈 18 樓
　　　　　電話：(852) 2138 7998
　　　　　傳真：(852) 2597 4003
　　　　　網址：http://www.sunya.com.hk
　　　　　電郵：marketing@sunya.com.hk
發　　行：香港聯合書刊物流有限公司
　　　　　香港新界大埔汀麗路 36 號中華商務印刷大廈 3 字樓
　　　　　電話：(852) 2150 2100
　　　　　傳真：(852) 2407 3062
　　　　　電郵：info@suplogistics.com.hk
印　　刷：中華商務彩色印刷有限公司
　　　　　香港新界大埔汀麗路 36 號
版　　次：二〇一九年四月初版